浮海詩存

台北 何英傑

浮海詩存目次

【卷一 記遊】

【卷四 憶舊】

許蕾翌序　詩裡詩外

滑一則臉書，只需要幾秒的時代，誰還要讀詩呢？

作為一種文學載體，詩的濃度太高，讀者需要一點時間和力氣，把自己的思緒、感情攪拌進去。像沖一壺茶，得讓茶葉舒展泡開，滋味才出得來。

反過來說，擬詩的過程，如一種提煉。詩人在瞬間被一種意象或情感打動，開始搜尋腦海裡的經驗庫、文字碼，將自己的部分生命，融進那個稍縱即逝的激動中；接著，經過某種不明的燃燒、萃取，終至析出一個結晶。

〔一〕

我親見這種神秘的煉丹過程。

一個蟬聲徐徐的午後，陳朗老先生指著李商隱的詩，一句一句講解。他的浙江鄉音，在我聽來，跟蟬聲一樣難明；努力睜大眼睛，睡意仍昏昏來襲。出了門，我疲憊的對英傑說：下星期開始，你自己來吧。

如此，英傑和老先生的週末約會，持續了半年。每次結束回家，他眼若有光，興奮述說所得。許多日子，只見他強記韻部，凝神自語，搔首躑躅。一篇篇詩稿，像院子裡的茶花，一朵接一朵的開。偶獲幾句稱讚，他便如獲至寶。後來老先生身體不適，講課終止。英傑竟不改其志，勤寫不輟。轉眼八年過去，如今他的詩作斐然成集。我無法不想起兩個和尚去南海取經的故事。

〔二〕

說英傑著作等身，當然是誇張了。但多年來，他勇於嘗試不同文類，著作包含旅遊散文、電影評論、以台灣歷史及山岳為背景的小說、劇本。這一回，我感覺他終於找到屬於自己的「劍器」，得以在現實的喧囂裡，劈出一個靜默但分明的場域。

的確，對一個時常翻查《古文辭類纂》、吃飯配《讀通鑑論》、窩在沙發上津津有味看著《武林舊事》、工作之餘教授中文經典十幾年且樂此不疲的人來說，作詩難道不是一種內勁通透、水到渠成的事嗎？詩的體裁短、用字精簡，「衣不蔽體」，比起其他文類，更無法掩飾作者的心心念念，「詩言志」信然。英傑有一種沛然正氣，大概是他久讀經史、涵養內化而成，莫之能禦——亦即他自己也拿這股氣沒辦法，看世間任何現象，那個隱形的座標軸，就會從他腦海裡蹦出來，自動對焦。詩詞之於英傑，就像他的倚天劍，如實反射出內心最凜然的一面，故字裡行間，刀光劍影畢現。他熱情、專注的鍊字如練劍，最終竟可信手捻來，將現代人拿來發臉書的各種題材，一一裁鍊成詩。此等企圖心，不可不謂勇敢。

〔三〕

我私心最愛〈記遊〉〈人物〉與〈時事〉三卷，讀其詩如進暗房，見他將一切所聞，攤置於歷史長鏡前，秉燭相照。眾鏡相映的明暗對比，令時代氛圍、人物剪影，更加鮮明若揭。

先來看英傑嫻熟的「時空穿越術」。在時人不察處，他常一眨眼便跨過隱形的9¾月台，遁入另一個時間維度。

訪花蓮松園別館，遊客流連於曲徑幽林，欣賞雅緻的樓房；而他看著「漫與松濤響長廊」的場景，卻思及二戰後期、眾士兵「翠葉驚霜同糞土，暗苔泣露九迴腸」的悲涼。進北京法源寺，香客稀落，寺殿寂寥，他想到「昭昭畢竟真明主」的唐太宗，揣想君王心中、必定翻騰著「愧向殘骸思魏公」的悔恨。什剎海的夜市，遊人如織，笑語盈盈，而他久立於少年汪精衛刺殺攝政王的銀錠橋，看著「依稀舊柳當時月」，慨嘆男主「如何不負少年頭」。遊開封，在俗氣到令人驚駭的偽古蹟之間漫步，他長憶李清照、思楊門女將：「千年趙宋渺無涯，信步東京讀夢華。相國寺門憐漱玉，天波府邸敬楊家」。走在上海，繁華似錦的愚園路，名人故居綿延不絕，他眼中卻看百年似一瞬：「捲盡梧桐風底葉，驚心猶似北邙山」。走訪天津，他掠過熱鬧街市，殷殷尋訪張自忠故居，讀遺書、敬其人：「提刀殺賊皆兄弟，忍辱拋名是丈夫。赤膽赤心吞烈日，斯民斯土寄頭顱」。作詩填詞，彷彿成了一種儀式，是他穿過時光結界、回溯歷史之後，所寫下的認同與追尋、試著標注的問題與答案。

〔四〕

值得注意的是，在這些歷史、時代的大題材裡，英傑不僅從權力者的角度寫，更多從底層傷者、逝者的角度寫。

因此，訪台南四草大眾廟，他拜祭戰爭孤魂，「忍見墳頭碧色搖」想著「已沉濤浪夢魂消」。謁香火鼎盛的「一爐香繞七鯤潮」，浮上他心頭的，是戰況慘烈的「孤月火紅千舨海」。去綠島的燕子洞，他悼念陳孟和、柯旗化，寫下鬼氣森森的「鐵鍬埋卻青春願」、悲憐「蛇籠崗哨，閻羅殿下，窗如井，人如鼠」。蘇州忠王府裡，他讀李秀成自述，為其憤憤不平：「騁馳百戰效餘忠，七尺凌遲作善終。欲掃羌戎追李廣，同焚玉石哭陳宮。何期萬字勤王帖，盡染雙鉤筆墨紅」。對時代悲劇的痛感、個人遭碾踏的不平與冤屈，讓詩中的哀傷同情，總與評論質問並存，這成了他詩中最顯著的特色。

〔五〕

「詩之境闊，詞之言長」，這兩種文體中，英傑長於詩。此種「境闊」，是他循著歷史架起的階梯拾級而上，站在高曠處，俯瞰人世的一種角度。下為河嶽，上為日星，人我俱泯，只留存一種跨時空的顧盼。所謂名勝，對英傑來說，從來不是風景。他想看的不是斑駁的外貌，而是內裡的精神。

於是，暮遊板橋大觀義學，他以古鑑今，沈吟「何事腥風捲亂蓬，分邊蝸角鬥雌雄。泉漳喋血誰高下，閩粵尋仇竟始終」。福州林則徐紀念館，他惋惜「根株半朽時，薄葉復何之」。北京紫禁城裡，他徘徊文淵閣，嘆問「孰知金玉後，敗絮竟何如」。訪終南山重陽宮與草堂寺，見徒具形式、斯文不在，他無奈「憔悴名山事，凄凄思少林」。而在台南天后宮，他詠懷「六道微塵千里見，三臺幽怨順風明」、「誰起迴瀾傳法意，一腔肝膽照天清」，與其說這是對神明的景仰，不如說是對夙昔典範的嚮往。拂開歲月的塵沙，他想看清的是時代風暴中的殘酷，想還原的是歷史人物的初心。

〔六〕

除了歷史的視角、人道的關懷之外，英傑詩作的另一個特色，是他永遠將目光攏回當下、此刻。他可以一腳涉於歷史的長河，神遊八荒九垓，另一腳卻始終不移、緊緊踩在現代。故「時事」一卷，尤為精彩。試問：如今誰會將達賴訪台被拒、台東杉原灣爭議、立法院學生運動等事，置為詩詞的詠嘆？而有哪一種文學體裁，比古詩擁有更多的語碼，來興發這種感慨？香港的反送中運動，持續數月，他以一首〈摸魚兒〉為誌，詞中翻攪的是他的悲哀與盼望：「故園歸夢，茫茫飛絮何往」，「少年聲淚高牆外，牆內隔如雲嶂」；「鋒鏑響，霧莽莽，一身肝膽酬羅網」；「蔽天風捲霓虹海，翻得幾回濤浪」。讀罷，座中泣下誰最多？只怕是江州司馬青衫濕。

對民主與人權受挫的憂慮，對台灣困境、族群衝突、政治空轉的掛懷，始終是他字裡行間的主旋律。他很少使用隱晦的符碼，下筆明快、畫面飽滿、用語決絕；更善用反襯對比，使得情景描摩或人事議論，都充滿張力。「深情呼摯愛，白髮泣兒孫。不共蒼天立，無間地獄門」，這是誌記基督城槍擊案的慘況。「鬚眉已逐君心改」、「年年國事轉陀螺」是他在台大法學院弄春池畔的感慨。「可憐今日侯門者，曾恨侯門不義多」、「記否青天陳縣長，堂堂鐵面照蘭陽」，直指總統府私菸案。「千億殺機誰料得，杯盤耳語暖香中」，是在來來豆漿店想著拉法葉艦懸案。「騰騰民意傷心看，也是恩仇也是痴」，是總統大選前夕的心情。「天下蒼生重，薄命蜉蝣」，悼的既是李文亮醫師，也是多少甘冒不諱的吹哨人。詩人來回踱步，所懷萬端。論

「忠愛纏綿」，他是直追老杜的腳步。杜甫如果活在今日有臉書帳號，應該會二話不說的接受英傑加朋友吧？

〔七〕

詠史之外，〈閒思〉〈憶舊〉二卷，則是英傑的私人紀事。一改氣撼山河的神態，他在此眷顧流連，念念不忘。只因時光的長河滾滾滔滔，不捨晝夜，他便以詩詞為網，撈起那些珍愛的片刻，打磨成珠子，緊緊攢在手心。最令他放不下的，是對孩子的牽掛，對分離的惆悵。我讀〈上海漫步〉〈過上海市西小學有所思〉兩篇，忍不住潸然。這是他的結繩記事，試圖結住逝去的甜蜜與感傷。而對一切眾生之情，他亦珍惜如是。到山西太原，他硬帶著全家在河濱徘徊，只因「汾水多情意，千年繞雁丘」，他要憑弔那隻落單的、「直教人生死相許」的雁。訪鎮江金山寺，是因為他感佩一條愛得轟轟烈烈驚天動地的蛇精：「身魂毀譽敢輕拋，風開江底闊，水漫楚山搖」，「天教愛恨兩蕭條，至今珠淚在，歲歲起波濤」。正是這一份心中的深情激動，讓他忍不住翻成文字洶湧。

〔八〕

深情的另一面，是他對萬物的賞愛。市區閒步，見「唧唧啾啾喧鳥，琳琅滿樹生春」，便遐想「世路塵勞忙過，換餘多少天真」？索性「暮光聲裡借溫存，爭似菩提一瞬」。門外手植的槐樹，長得比人高了，他且珍惜「花紛紛，意紛紛，總是無情長倚門，多情答故人」。喜見屋後雀鳥飛躍自在，他與之同樂：「倚翠蕩雲邊，風高正好眠」，順便藉鳥調侃自己「書生空格竹，我樂似鞦韆」。文字之間，一位對生活充滿興致、對萬物滿懷憐惜的中年大叔，呼之欲出。

〔九〕

用詩詞記下來的，還有他靈光一閃的體會。騎自行車，他喃喃自語：「莫說無津渡，桃源路，此心閒處」。重訪鼻頭角，他感嘆「青春只合千般了，白髮多因往事纏」，旋即自我開示：「又是人間新一日，天涯何處好流連」。北投農禪寺裡，他見得「萬紫千紅未必真」，瞭然「晨鐘暮鼓自繽紛」。訪日本永平寺，「香深廊寂靜，色動影斑斕」，他遂領悟「空中無世外，苦樂是禪關」。於黃河龍門，想起人生奮力爭躍的追求，他自怡然：「九重天上纏雲雨，孰若閒鱗忘曉昏」上黃山，他載欣載奔，大氣的說「名心歲月兩無憑，聽雨聽天一杖輕」果真詩如其人。

〔十〕

朋友總笑英傑是「活在現代的古人」，相當「政治不正確」。但對英傑來說，只活在現代，是不夠的。他總想穿越當下的急流，去看看另一個寬廣、近乎無限的時空。這是一場從現代望回過去、又從過去望向現在的反覆折射。在光影閃動中，詩詞成了他的航行日誌。

此時此地，古籍中土已是荒煙蔓草的傳說，多少人尋向所誌卻不復得路。而英傑一路循圖探勘，恣意穿行，欣見洞天中的良田美池，屋舍儼然。如果你願意，且隨他的詩句，信步而行；蜿蜒於現實之間，你或許也能看出這些若隱若現的時空秘徑，以及一個被文字力量所運行的，平行宇宙。

二〇二〇年四月

自序

久居紐西蘭，閒來頗慕詩學。偶值方家，勉力而學，八年粗成此集。

集之成，得力於妻者多矣。蓋學貴切磋，蕾翌自幼喜讀詩詞，直覺聰敏。輒於過目之際，即謂某句為佳某句為劣，予皆欣欣然從而改正。得人識鑒，固為作者之幸。故范仲淹為嚴子陵祠堂作記，遇賓客易動一字，殆欲下拜。蘇軾聞善歌者曰關西大漢持銅琵鐵板之喻，為之絕倒。知音其難也，其樂也，而況於夫妻鶼鰈之間也？

柏成吾友，書道卓然有立，予請為題簽。其字清朗俊拔，倍增文辭形色，謹深致謝忱。

詩為心聲。所思所遊信筆為之，非關風雅，乃不吐不快。人云藝術之大者，必有待於讀者摭拾。若得以文會友，其如雙聲疊韻之應和，誠快慰平生、無上美事是也。

二〇二〇年四月

後記

卷一 記遊

城隅紀事四首

登劍潭圓山

岡上有神社遺址、烈士祠塚、于右任題石諸景，俯瞰淡水河，曾有鄭氏擲劍之臆說。

浮海歸來疑是客。百年勝跡獨登臨。樓臺幾換秋山色，劍珮曾驚曲水禽。唯見松篁青塚月，長埋石貊鐵蹄音。蒼茫島嶼蒼茫路，慷慨憑誰照古今。

紀州庵

清波橋畔望煙嵐。寂寞當時不夜庵。雪頸香前浮水榭，羽觴席上亂花簪。兵雄東亞歌初唱，日薄西山酒已酣。春去春來榕蔭在，年年新綠舊城南。

過文山千秋墓園

崇德街環山高處有皖北墓園，其碑誌曰「民卅七年冬，徐蚌之役戰線廣袤達千餘里，後以中央決定棄淮守江，而淮上英豪攀轅附轍，追隨政府由江而台者，實繁有徒。昔日所謂英豪，今皆皤皤老矣。宿縣朱金鳴、王輔亭、張雅中等有鑒及此，乃匯集鄉友購此墓園，以作生有此志，歿則同歸，仿田橫五百完人之意云爾。」予悲其意，慨然有作。

久佇碑前綠滿階。望中平野似江淮。思親慚愧孩兒淚，報國徒勞壯士懷。九死金蘭同血性，孤魂黃土共殘骸。可憐義薄雲天事，盡付青山一例埋。

又

破陣子

寂寂青山華表，望中千里江淮。烽火少年家國淚，黃土孤魂壯士懷。荒碑半綠苔。　最是親恩慚愧，孩兒東海天涯。九死交情應有數，敢哭田橫共骨骸。可憐碧血埋。

板橋大觀義學　清同治時，識者傷於族群械鬥，遂建學舍移轉風氣。大觀者，取意隔水共存之大屯與觀音山。今者選戰，輒有割喉之說，寧無愧哉？

何事腥風捲亂蓬。分邊蝸角鬥雌雄。泉漳喋血誰高下，閩粵尋仇竟始終。劫後方知興學義，堂前相守力田功。

和衷二字無今古，地久天長東海東。

花蓮松園別館聞日軍神風征前事

重閣深幃鎖別堂。銷魂此夜最難當。已斟御酒聽天命，卻望滄波到故鄉。翠葉驚霜同糞土，暗苔泣露九迴腸。東風無意明朝事，漫與松濤響長廊。

重返金門戍地　過夏興營門，猶憶太武山納骨題文、膛炸多年後恢復火砲射擊、田墩築堤等事。信步間為哨兵攔阻，謂閒人勿近。予豈閒人哉？

柳營哨外似還疑。草木依稀舊棘籬。曾向荒郊收戰骨，敢將膽氣試兵旗。坑深虛戍三更月，風急猶興百頃陂。遙望松岡題石處，煙霞不遜少年時。

畫堂春・明定陵

百年衰柳又新芽。人間幾度飛花。云何萬歲帝王家。空穴昏鴉。　冷眼龜趺看盡，荒山暮雨朝霞。兩行翁仲倚天涯。颯颯風沙。

太原汾河公園（金元好問摸魚兒「問世間，情為何物」詞末，有「為留待騷人，狂歌痛飲，來訪雁丘處」之邀，信然予來也。）

人間愛恨愁。不共此身休。汾水多情意，千年繞雁丘。

天龍山石窟佛雕（佛首多遭盜鑿一空，不忍卒睹。）

斷首不相尋。迴光入洞深。何年歸趙璧，寂寞樹蕭森。

訪終南山重陽宮與草堂寺有懷

宮牆一望深。古剎杳難尋。不見金剛舌（鳩摩羅什圓寂誓語），空聞紫閣音（全真道教祖庭）。豐碑昭舊業，夕殿宿幽禽。憔悴名山事，淒淒思少林（名寺繫於高僧）。

扶風法門寺（地宮有佛陀指骨，唐韓愈諫迎佛骨故地。）

寶塔入雲高。千年世所褒。佛陀三不朽，舍利一秋毫。

洛陽龍門遐思

百尺竿頭欲斷魂。爭從浪底躍龍門。九重天上纏雲雨，孰若閒鱗忘曉昏。

臺江微風三首並序

風有自然，亦有人文。所謂君子之風者，其興也微，其力也久。臺江人文薈萃，四百年間風致可詠者固多，因擇其三以歌之。

四草荷蘭塚

已沉濤浪夢魂消。忍見墳頭碧色搖。孤月火紅千舨海，一爐香繞七鯤潮。愁隨鳥渡鹽山雪（七股地景），目斷榕飄竹港橋。為謝異鄉慈父老，情深常在水迢迢。

安平開臺天后宮

金身百丈鑄柔情。鳳閣飛軒鎮海瀛。六道微塵千里見，三臺幽怨順風明。同悲永住黎民苦，大捨長教龍子驚。誰起迴瀾傳法意，一腔肝膽照天清。

北門王金河烏腳病診所 診所初立，得力於美國基督徒孫理蓮創辦之芥菜種教會。鄰近即為南鯤鯓代天府，祀奉五府千歲，亦為辟除瘟疫之神。乃知宗教所以靈驗者，在人不在神。

芥子飄香老杏林。誰聞當日苦呻吟。王爺巡狩迷鹽滷，仁者提燈覓藥針。輾轉半生貧與毒，長懷十字淚隨心。琉璃光下人聲笑，總是深情證福音。

日本福井永平寺紀行 曹洞宗祖庭

劍岳雨催還。尋泉過白山。香深廊寂靜，色動影斑斕。人境浮沉老，叢林日月閑。空中無世外，苦樂是禪關。

斐濟遊

碧海藍天暖欲眠。白雲椰下意翩翩。喜懷兒子叮嚀語，逐浪春光學少年。

二上黃山 隨母親攜歙硯初登黃山之樂事，已在三十年前。

名心歲月兩無憑。聽雨聽天一杖輕。笑對蒼松迎客問，半生碌碌不如卿。

光明頂上遊客尋俠跡

刀劍舞雲巔。人云北海間（黃山地景）。誰論真武俠，山下鬥權奸。

出帆（奧克蘭海灣）

破浪鼓雙帆。長風向碧岩。且隨鷗鳥上，雲白入輕衫。

山羊島浮潛

海底藻如簾。幽光五色兼。礁深魚影健，出水忽沉潛。

夏日遊（奧克蘭外海 Rotoroa 島，為保育區，杳無人煙。）

沙島遠人寰。蟬嘶白玉灣。層層分海色，淡淡攏山顏。水蕩身心闊，雲遊造化閒。未知天已暮，更向弄潮還。

浣溪沙・月夜泛舟

奧克蘭 Okura 自然保護區，海中有螢光生物。

水濺蜉蝣萬點光。雲隨蒼鷺兩三行。輕舟帶月海茫茫。
暗想浮生何所樂，心閒處處得清涼。一生所愛伴身旁。

偶過三貂角

昔為西葡相爭之地，日本始建燈塔，附近有靈鷲山佛教道場。

西葡船艦已無蹤。樹色溪山綠正濃。獵獵天風迴羽鷲，濛濛海氣動魚龍。閒心漫向頭陀洞，袖手遙聽古寺鐘。過盡百年餘一塔，浮光靄靄照東峰。

板橋林家花園

清道光年間，林家先人將家產分為「飲記」「水記」「本記」「思記」「源記」，取五字連義，派分五子。適械鬥慘烈，本源兩記於板橋修城，為漳州民望所仰，並建宅院，即今花園現址。

飲水本思源。巍峨長者言。牆紅荷滿目，池白月當軒。
我富羞民困，庭深欲樹繁。家聲傳不墜，八代一芳園。

新竹義民廟 林爽文事件後，乾隆賜匾褒忠，稱義民。

漳泉閩粵力開臺。反目相仇事可哀。多少偏私傷手足，幾回時變惹兵災。千家廟會迎鑼鼓，數里村墟化劫灰。總道朝廷嘉一字，誰憐鷸蚌苦爭來。

清平樂・雪地獨坐 全家同遊北島 Whakapapa

一番馳驟。逐雪人歸後。貪看春雲飄彩袖。空谷醉人如酒。　休提年少風騷。光陰呼嘯如濤。樂與老妻相伴，鵬飛自有兒曹。

綠島朝日溫泉

迎風草露涼。細細浪聲長。山剪參差影，池飄淡薄香。星芒浮野幕，水氣暖花牆。倚看汪洋外，波翻欲曙光。

點絳唇・騎車春遊 Paeroa 與 Waihi 間，平野連綿。

疊綠搖紅，一分春意三分暑。拂衣斜暮。野徑香飛舞。蔭裡牛眠，白水粼粼去。桃源路。此心閒處。莫說無津渡。

北京法源寺三首

唐太宗晚年親征高麗受挫，追念魏徵曰「若在，吾有此行邪？」並建寺哀悼陣亡將士。宋靖康之後，欽宗幽囚於此。

鎩羽歸來詔憫忠。雄兵何事過遼東。昭昭畢竟真明主，愧向殘骸思魏公。

又

兩河三鎮入南疆。留取昏君看鬩牆。賺得岳軍齊解甲，風波亭外血殘陽。

又

江山人物一時雄。萬丈朝暉落日紅。細雨輕飄空色外，丁香斜倚曉寒中。

濟南大明湖

浮光細雨不辭寒。誰棹湖心學老殘。最是畫樓人散盡，疏條月影倚欄杆。

開封紀遊

千年趙宋渺無涯。信步東京讀夢華。相國寺門憐漱玉（李清照詞集名），天波府邸敬楊家。尋常水景城非故，三兩殘荷柳盡斜。總為蕭條生感慨，中州塔外捲黃沙（開寶寺塔）。

鄭州黃河大堤

堤外長堤河裡河。連牆壩垛鎖灘坡。翻疑九曲泥沙少，搶險黎民血淚多。

南鄉子．鄭州花園口（蘭封會戰，國軍兩週而潰敗，蔣介石引為奇恥。守將或處決或革職。為及時抑止日軍襲取鄭州，乃自毀堤壩。以生靈巨禍，換取武漢四個月之備戰與撤守準備。河南省黃泛區災況紀實一書有記：「泛區居民因事前毫無聞知，猝不及備。堤防驟潰，洪流踵至。財物田廬，悉付流水。當時澎湃動地，呼號震天，其悲駭慘痛之狀，實有未忍溯想。間有攀樹登屋，浮木乘舟，以僥倖不死，因而僅保餘生，大都缺衣乏食，魂盪魄驚。其輾轉外徙者，又以飢餒煎迫，疾病侵奪，往往橫屍道路，填委溝壑，為數不知凡幾。幸而勉能逃出，得達彼岸，亦皆九死一生，艱苦備歷，不為溺鬼，盡成流民……因之賣兒鬻女，牽纏號哭，難捨難分，更是司空見慣。而人市之價日跌，求售之數愈伙。於是寂寥泛區，荒涼慘苦，幾疑非復人寰矣。」

棄甲決河津。滾滾洪流作水軍。一夜桑田掀浪海，冤魂。百萬倉皇夢裡身。
將士競西奔。賣子流民滿淚痕。固是功成枯萬骨，休論。兵敗猶多不忍聞。

上海愚園路 已歷太平天國、英美法公共租界、中華民國、日本汪精衛政府、中華人民共和國等時代。

五朝冠蓋百年間。幾度新人換舊顏。捲盡梧桐風底葉，驚心猶似北邙山。

鼻頭角懷舊 中學時多次來此露營

欲尋幽徑浪花邊。轉盼光陰四十年。亂石濛濛風裡看，輕舟點點水中眠。青春只合千般了，白髮多因往事纏。

又是人間新一日，天涯何處好流連。

北島越野 紐西蘭北部 Twin Coast 國家單車道

遊興似歸情。心隨野徑明。蒼鷹迴遠近，綠水自縱橫。日晚橋初照，村深犬不驚。開襟風未動，雲影已先行。

滑雪 南島皇后鎮 Coronet Peak

亂雪密無聲。冰塵逐影行。歸時興未盡，一似少年情。

夜遊火山島 Rangitoto，於奧克蘭港灣外。

停槳隨波月正明。百年何日一身輕。莫辭更趁天風去，召得狼星作伴行。

瀑頂 紐西蘭北島中部 Wairere Falls

嶺上水濺濺。人間換舊年。松高雲四面，澗外野無邊。力霸爭蝸角，心寬共海天。牛羊知有幸，南國遠烽煙。

霧峰柳樹湳七將軍廟

兵祠作土牛。父老拜墳頭。邊遠無循吏，平安鬼殿求。

墨爾本夜景

海角一華嚴。樓高月半銜。銀河疑不見，萬點出塵凡。

卷二 閒思

春回

鶯聲破曉來。長日照階臺。花解其中意，繽紛次第開。

待月

隱約兩三星。松岡水墨屏。層層雲色亮，鳥靜雨初停。

擎天岡野芒

漫野白芒齊。相期竹徑西。星沉風寂靜，笑靨向人低。

晨曦

簾外雨纖纖。雲蒸草露添。春光無限意，窺影入窗簷。

風

拂柳當空細有聲。東西雲影鬥輕盈。由他陣陣清涼過，好鳥枝頭睡不驚。

窗邊

蝸居無甲子，書裡久雲遊。未覺輕簾外，嫣紅滿樹頭。

竹

一任百花殘。鞭根鎖地盤。排空搖玉樹，吐綠鬥嚴寒。
折節稱君子，標同伐異端。誠如人難辨，兩面是阿瞞。

慢跑偶見

雙飛野鴨柳陰高。綠水波間啄羽毛。繞看雛兒輕撲翅，
終身父母不辭勞。

如夢令・見咖啡屋老婦凝望有作

來往世間離合。都似窗光一霎。又是暖風微，銀髮等閒
酬答。情怯。情怯。春雨莫來蕭颯。

農場夜歸

秋深草木枯。霧冷玉珊瑚。一陣風吹破，天低月影孤。

小園獨坐

明知任物華。旭日換殘霞。卻恨風無賴，香餘滿地花。

鷓鴣天・憶外婆 淡水水槓頭

月色微微透帳紗。柴籬雨過數聲蛙。薰香牆影聽仙怪，哪吒猴兒戰紫霞。　南畝畔，幼時家。新婚宴上置空茶。遙知天外祥雲處，笑語春風謝客誇。

詠櫻

蕊蕊壓枝彎。何期彩蝶攀。夜闌香倚望，星斗共斑斕。

生日寄意

過半浮生底事忙。妻兒父母樂安康。霜飛東海層層浪，春入南天日日長。狂狷不隨時俯仰，湖山自有客行藏。閒來揮汗鋤荒圃，認取薰風作酒香。

西宏寺家居

歸來梅雨初。閒坐舊庭除。楓落雲邊寺，松高月下廬。
花開菩薩面，霧吐右軍書。歷歷光陰事，他鄉總不如。

皇后鎮旅中述懷

客舍天涯春又老，逍遙躑躅兩沉吟。冰湖鏡月如來眼，
皓雪空山大地音。慷慨誰懷千里志，詩文徒付一生心。
應從妻子田園去，別有人間樂趣深。

偕父親登武夷天游峰

憑欄意若何。老父笑蹉跎。雲壯丹霞色，舟橫九曲波。
貧中天眷顧，忙裡鬢消磨。長記高臺上，歡顏此日多。

夜思

月豈不清佳。兒行總掛懷。情深常鬱結，口快與心乖。

往日如聞笛，今朝似聽牌。何須千里外，咫尺亦天涯。

何事

翩翩儷影滿春山。何事重逢一面難。長夜夢回年少地，輕衫鬢語不知寒。

寄遠

窗外柳絲長。匆匆隔渺茫。三春紅日短，一雨早秋涼。亂裡還相勸，閒來暗自傷。音書容易斷，思念最難防。

兒子成年

攜手倚窗扉。光陰去似飛。清歌催好夢，紅頰抱斜暉。俊影堪長憶，鵬程自有歸。老來新歲月，相約笑微微。

柳

籬下樹成雙。花紅欲入窗。紛紛心似柳，簷外影幢幢。

夜深不寐兒孫應有兒孫福，為賦自寬。

星隨月影斜，愁緒亂交加。不測晴中雨，徒勞浪底沙。

地偏分橘枳，霧散見龍蛇。歡樂無常跡，癡心一念差。

西江月・市區閒步

唧唧啾啾喧鳥，琳琅滿樹生春。往來行客只聽聞。如解

無由愁悶。　世路塵勞忙過，換餘多少天真。暮光聲

裡借溫存。爭似菩提一瞬。

長相思・槐門前與兒手植黃槐一株，八年已卓然成蔭。

花紛紛。意紛紛。總是無情長倚門。多情答故人。　別

無痕。覓無痕。又為東風一樹春。芬芳不自珍。

竹梢鳥

倚翠蕩雲邊。風高正好眠。書生空格竹王守仁事，我樂似鞦

韆。

行香子・早櫻

一夜東風，滿院新紅。問籬外，何事匆匆。流連獨坐，小小蒼穹。聽人聲遠，雨聲細，鳥聲濃。繽紛開謝，不怨春空。百年身，應識從容。凡心偏向，花裡朦朧。有雙親老，孩兒愛，少年衷。

詠候鳥

紐西蘭有鷸鳥，每於四月本地初秋，成群飛往北亞，輾轉北美阿拉斯加，於初春十月始飛還。年年去來，航程三萬里。

振羽入雲端。遙知燕雀安。素心終未改，遠道不辭難。縹緲波瀾闊，分明宇宙寬。長風高絕處，霞彩萬千般。

水龍吟・詠楊

全家出遊，乍見谷中花絮滿溪。嘗讀東坡詞「細看來不是，楊花點點，是離人淚」，今始見，試次韻之。

一溪春意闌珊，綠茵堤上花初墜。清波蕩漾，潺潺自去，不知愁思。老幹繁枝，青山四面，悠然深閉。卻年年歲歲，柔條總向，塵寰處，翻飛起。　坎坷人間痴愛，絮濛濛，飄零沾綴。低眉翹首，萬千心緒，任風吹碎。誰道繽紛，半歸塵土，半歸流水。看游絲上下，長林落雪，似多情淚。

暮色

花落花開歲歲同。春來春去雨聲中。禪心應識無生滅，偏愛黃鸝逐晚風。

兒子返台在即

柴門落日紅。閒步話從容。樹老飛花遠，秋深帶雨濃。臨窗懷歲月，翹首問行蹤。應笑來年事，相思過幾重。

居酒屋小酌

自是男兒尚遠遊。當年我亦識風流。休看燈影朦朧處，一半煙燻一半愁。

鵲橋仙・餐後

微微燭影，迢迢良夜，又惹離情零亂。強為笑語話家常，暗凝想，山重水遠。　摘星踏月，雲龍風虎，二十少年何限。天涯何日早歸來，共看取，櫻紅開遍。

水調歌頭・機場送行

天外白雲路，渺渺去無邊。男兒鴻鵠千里，應覺此心寬。卻怨飛來情緒，兩次三番收拾，獨坐又潸然。花下鳥喧亂，竊語別時難。　身且健，心常樂，只平安。臨行未語，偏教思念向人前。合是青衿容易，慣看秋光春雪，滄海變桑田。誰道斜陽處，景色似當年。

鳳凰台上憶吹簫・櫻園漫步

銀婚日偕遊。適讀晏幾道小山詞，有「更誰情淺似春風，一夜滿枝，新綠替殘紅」句，先我而言，欣然借句。

繁蕊橫斜，霧雲輕攏，少年恩愛依偎。記綺窗初識，荳蔻當時。偷換青絲白鬢，渾不覺，歲月驚飛。幽香路，徘徊卻顧，過客遲遲。

春歸。一山漸暖，新綠替殘紅，再度芳菲。莫道人將老，徒自傷悲。花樹招搖情淺，爭得似，攜手相期。青天上，綢繆夜星，眉語心知。

與妻對飲

么兒常與同儕於電競中取樂，忘我吼笑。下週赴職雪梨後，安得再聞？

總教惹離情。分明笑鬧聲。漫傾春夜酒，強賦少年行。思憶長如在，流光去不驚。門前滄海上，朗朗月初生。

餞行

晚照綠楊前。歸帆隔野煙。悠悠心似水，浮浪到天邊。

醜奴兒令・夜讀么兒家書 送行固難矣。旋見兒女攜手，不覺欣然有喜。

應知老大難為別，憨笑追奔。廿載晨昏。此際燈前淚有痕。兩情唯願長相惜，日日如新。明月殷勤。同照天涯萬里人。

詠落日

橫似流星墜地陰。溶溶霞海送潮音。千山盡處無遺力，敢對朝暉一片心。

小聚二首

三代同堂白飯香。週週歲歲話家常。他年若憶今朝事，半是心灰與斷腸。

又

誰教情淺惹煩憂。都道情深無怨尤。萬緒千頭今夜夢，當空慧劍斬綢繆。

奧克蘭大學畢業典禮即景

蘭池映晚天。小子笑開顏。春水情如似，飆風事幾般。雲程從此起，世路復何艱。椰影窺人意，飄搖不得閒。

搗練子・一樹山賞櫻

斜蕊瘦，霧簾輕。一片空山雨未停。不道枝頭猶錦簇，幾株花瓣忽飄零。

小別

白日隱清輝。浮空待月歸。非關星漢事，相思亂霏霏。

白鷗

飄轉下雲濤。凌空振羽毫。繁花留不住，看逐海潮高。

風入松・捷運站漫思 車漸行，目送父親。忽憶少年時，父親奔上火車遞我雞腿飯盒事。

依依背影漸蹣跚。世路幾回難。年來總向斑衣戲，酒中意，夜靜眉端。一任塵緣分付，請看缺月長圓。

誰教忙裡有餘歡。怨裡苦相纏。噴泉小巷青山下，正情濃，未解愁顏。恍惚如聞鳴笛，徐徐別我車前。

望海二首

高塔立黃昏。輕帆過海門。繽紛閒世界，天淨水無痕。

又

雲幕試新裁。金光一線開。虛空無盡意，簇擁月華來。

後院二首

海上絕塵埃。秋高水鏡開。楓紅花落盡，為待好風來。

又

楓下忽聞鴞。鳴鳴聲寂寥。草蟲鳴遠近，相與共良宵。

偕雙親遊太平山

結髮相依六十春。晴光霧雨共煙塵。嗔癡昨日渾無跡，苦樂今朝自有真。寂寞勤修泉下事，何如憐取眼前人。我心勝似松蘿亂，漫說階旁樹樹新。

楓

一夜樹梢風。新芽透碧空。芳心如默識，吐綠送櫻紅。

梨花

冰蕊自光華。盈盈隔白紗。春深辭穀雨，風信到誰家。

卷三　人物

靜思精舍詠證嚴

松外晴光碧四垂。法門無量出慈悲。黃巾避縣尊天爵（鄭玄，事），梁武虛心問祖師（蔣經國於一九八〇年訪證嚴）。惟願涓流成雨露，長隨苦難化迷痴。從來淨土由人淨，照海青燈一女尼。

評曾國藩

（公曾編經史百家雜鈔。既平洪楊，復刻船山遺書，時一八六六年，務為通經致用。次年日本天皇即位，首倡政改。遲速之間，兩國國運消長，其天哉！）

萬馬回旋出亂雲。漢家重見漢將軍。儒行踽踽三朝短，臣節惶惶四海紛。謀國難循夷狄法，刊經且立聖賢文。應嘆明治登基詔（五條御誓文），傲殺咸同不二勳（號為中興名臣）。

莆田南少林聞洪門舊事

（寺院始於唐，毀於清。人云康熙忌憚僧兵，遂趁其不意，遣八旗夜襲，火燒少林。惟洪英禪師之五名俗家弟子得脫，秘傳南方，蔚為洪門五祖。）

樓傾四面煙。忠義付雙肩。文武皆王事，英雄出少年。赤忱橫北斗，破衲振南拳。生死拋何處，胸前一片天。

湄州灣陳靖姑廟

民間謂其閭山學法。學成辭行，師囑其速去莫流連。靖姑念舊，於第二十四步回首。師嘆曰壽劫天定，將於二十四歲有難。後扶難鄉里，果至是歲時，不顧懷孕之身脱胎祈雨，遂為蛇妖所乘，臨終立願救渡難產。後世奉為臨水夫人，為安胎之神。予自幼熟聞傳説，適過其地，欣然尋訪。

廿四步徘徊。求仁莫我哀。百年皆有盡，遺願在嬰孩。

福州林則徐紀念館

根株半朽時。薄葉復何之。膽壯三軍老，孤忠九闕遺。
公卿閒泛泛，戍客意遲遲。世變燃眉急，皤然兩鬢知。

北京紫禁城文淵閣論乾隆

康熙時已有「南國佳人多塞北，中原名士半遼陽」之流放慘狀，至乾隆尤烈。

收盡百家書。俱焚四庫餘。翰林充下院，士族徙邊墟。
寰海誇兵馬，龍墀列石渠歷代書畫著錄鉅冊。孰知金玉後，敗絮竟何如。

登五臺山大文殊殿思達賴

雪屏玉帶塔連天。野寺閒僧柏半偏。漢藏兩輪心共轉，毀譽一相定中觀。四郎探母鄉愁老，摩詰傳燈法鼓懸。
劫了今身無盡意，還隨明月傍三千。

讀雙照樓詩詞稿　汪兆銘少時自號精衛，謀刺攝政王未果。清初顧炎武曾作精衛詩自況，曰「我願平東海，身沉心不改。大海無平期，我心無絕時」。陳寅恪悼亡詩亦有「冤禽公案總傳疑」之辨。睽諸二人生平，喻同而節異。司馬光論馮道所謂「大節已虧故也」。主和則可，主持傀儡政府則不可。若然，何以對孫文？何以教子孫？

國破求全愧顧生。國興功烈比荊卿。恍然別奏東瀛曲，曲罷千秋黯泣聲。

讀丘逢甲離台詩　建國在前，棄國在後，短短不過十日，而有「宰相有權能割地，孤臣無力可回天」語，不知置乙未陣亡軍民於何地？

孤臣無力亦輕狂。一葉扁舟渺故鄉。八卦山坑誰浴血，休提割地李中堂。

讀乾隆十全記碑　碑立於西藏布達拉宮前，以誇戰功。碑文云：「迺知守中國者，不可徒言偃武修文以自示弱也。」乾隆專知有兵事，不知有吏政。其所謂文者，蓋止於翰墨，如倡優蓄之耳。文者，政制也，吏事也，民智也，學術也。文既不修，武亦敗壞。得意立碑時，詎知鴉片戰爭已近在四十八年後？

皇輿霸業全。天網密牽連。莫道軍威久，區區五十年。

憶秦娥・讀柯旗化獄中家書（白色恐怖受難者，兩度關押，前後十六年，出獄已半百。）

應見慣。鬼門關外無邊岸（綠島地名）。無邊岸。夢中猶怕，破雲鷹眼。
鐵鍬埋卻青春願。音書莫問何時返。何時返。陌生兒女，可還相盼。

長沙橘子洲頭毛澤東雕像

書生意氣滿江湖（一九二五年有「問蒼茫大地，誰主沉浮」語）。重畫河山白紙圖（一九五八年有「又窮又白、好革命、好畫圖像、好做文章」等語）。多少骷髏湘竹淚，橫空砌作一頭顱。

日本京都東福寺無準師範畫像（南宋年間，淨山寺留學僧行將歸國，請繪師容。畫成，師於畫首題偈「大宋國，日本國，天無垠，地無極。一句定千差，有誰分曲直？驚起南山白額蟲，浩浩清風生羽翼。」詠其詩，想見其情誼，千載而下猶栩栩動人焉。）

心心相印貫三乘。法脈東傳無盡燈。迷裡深林驚白虎，覺中輕翼似飛鵬。十方天地同明月，千載師徒亦舊朋。稽首長流雲起處，慈眉入定一山僧。

上海張愛玲故居（常德公寓）

已是浮家不繫舟。柔情枉自付離愁。無端成就傷心筆，倦看人間慾底囚。

貝聿銘修建蘇州博物館（貝氏為蘇州世家，自明朝以降，逾十五代。彼十八歲赴美，躲過反右文革，八十歲應邀返鄉。）

富貴人云不過三。歸來故宅亦何堪。雙塘竹影參差綠，百葉窗光斷續藍。巧手重傳林壑意，家聲一似水雲嵐。休言五十年間事，強把驚心作笑談。

蘇州忠王府讀李秀成自述（曾國藩審其自述，字句之間硃批圈刪，而後抄呈軍機處。所刪去者，蓋勸其乘勢以代滿清諸語。胞弟曾國荃以恨之切，叱勇割其臂股。幕僚趙烈文有「皆流血，忠酋殊不動」記文。）

騁馳百戰效餘忠。七尺凌遲作善終。欲掃羌戎追李廣，同焚玉石哭陳宮（呂布謀臣）。何期萬字勤王帖，盡染雙鉤筆墨紅。借問湘淮諸將士，誰曾直諫剖心衷。

鎮江北固樓二首 辛棄疾年老登樓，留有「四十三年，望中猶記，烽火揚州路」與「何處望神州？滿眼風光北固樓」等慷慨悲歌之作。

長城久斷垣。北固亦虛言。代代風雲合，年年江浪翻。
盛衰無定數，忠義是清源。壯士紅旌淚，千秋詠稼軒。

又 樓中掛有毛澤東手書辛詞一首。時一九五七年三月，值座機飛越鎮江上空。數月後掀起反右鬥爭，株連百萬。

吳楚漸揚波。魚蝦入網羅。無權空倚劍，有桿自酣歌。
黨國曹劉少，江湖李杜多。吮毫揮筆日，鳴放正開鑼。

臨江仙・金山寺詠白蛇 白娘子與許仙傳說

一片冰心雲裡月，低懸玉殿樓高。身魂毀譽敢輕拋。風開江底闊，水漫楚山搖。　煙柳斷橋還似夢，分明秋暮春朝。天教愛恨兩蕭條。至今珠淚在，歲歲起波濤。

一剪梅・烏山頭水庫記事 八田外代樹聞八田與一死訊，自沉於大壩。

東海狂濤隔幾重。慕我夫君（遺書，文字）別後難逢。清波蕩漾望雲峰。萬頃良田，一片初衷。　國破殘櫻墜地紅。燈影依稀，比翼成空。千行淚水兩心同。休恨匆匆，生死相從。

水龍吟．綠島燕子洞悼陳孟和（先生為白色恐怖受難者，兩度被捕，關押十六年。一九六七年出獄時，將照片夾藏於畫布底層秘密攜出。三十年後，據此而復原獄舍原貌，並竭力採訪難友留存真相，以儆子孫。）

海風吹老髭鬚，茫茫絕壁知何處。殘灰月夜，草叢碑後，是誰刀斧。來往無辜，暗中偷淚，擔鋤寒暑。怕蛇籠崗哨，閻羅殿下，窗如井，人如鼠。　莫非天留我住。遺餘生，為冤魂訴。斑斑善惡，哪堪塵土，哪堪迷霧。六十年來，浪聲猶聽，不平無數。待清名事了，寸心無愧，共滄波路。

什剎海銀錠橋頭思汪精衛（清末於此謀刺攝政王，時年二十七。）

此去唯餘後世羞。如何不負少年頭。那堪長淚傳遺囑孫文，又折弓腰入敵謀。徒抱貳臣千載恨，空悲薄海萬民愁。依稀舊柳當時月，凜凜清名逐水流。

天津望海樓弔曾國藩（同治九年有教案事。公銜命交涉，後有「內疚神明、外慚清議」之慨，旋卒於十一年初。）

道德文章功業全。猶云內疚外慚焉。九州權柄垂簾下，四境烽煙病眼前。興革無門危累卵，官民積憤倦歸田。始知時變才難盡，恨不長生二百年。

青玉案・題梁啟超故居（門廳有「獻身甘作萬矢的，著論求為百世師」一聯明志。）

許身誰計閒榮辱。六君子，寧為戮。肝膽崑崙猶在目。等閒辜負，燕歌悲筑，大廈摧良木。　共和兩度憑恢復（反洪憲、反復辟）。舊學鉤玄老彌篤（歷史研究法、近三百年學術史等著作）。一代文章通雅俗新民叢報體。每懷天下，此心不欲，冠蓋相追逐。

張自忠故居讀訣別書 棗宜會戰前，先生手書副將馮治安，謂「無論做好做壞，一定求良心得到安慰。以後公私均得請我弟負責。由現在起，以後或暫別，或永離，不得而知。」讀之泫然。

至死方休不二途。中原望斷盡強胡。提刀殺賊皆兄弟，忍辱拋名是丈夫。赤膽赤心吞烈日，斯民斯土寄頭顱。寧將血濺襄江水，莫問歸來有也無。

泰山南天門

登高孔子小寰瀛。我樂今朝隨步行。一統雖然秦戰馬，千秋畢竟魯諸生。撫松觀日凝風骨，飲水齋心識性情。經史文章儒者義，還同東岳共崢嶸。

聞說關羽辭曹處河南許昌灞陵橋

回馬一辭行，華容念舊情。至今尊德性，成敗是虛名。

題中正紀念堂

漢初三傑定經綸。唐室凌煙列重臣。民國兵戈連甲子，元勳唯坐一銅人。

題國父紀念館

籌謀失所親（章太炎、梁啓超、黃興、陳炯明等）。託付亦非人。唯此丹心在，回天萬壑春。

八聲甘州・悼武漢李文亮醫師

（庚子疫起，彼奮為雁奴之警而受叱誡。不幸染病，逾月而卒。）

渺長江萬里一孤洲。風雨幾時休。問春歸何日，晴川斜照，黃鶴樓頭。莫道男兒氣概，不教白衣羞。天下蒼生重，薄命蜉蝣。

惟願此心醫國，更招魂四海，後事何憂。惜英才早逝，遺恨獨誰收。苦年年、梅亭陌上，雪中紅、香影對回眸。東湖畔、兩綢繆處，未敘離愁。

詠白崇禧兼答廖彥博新作

生死任浮沉。幽居夜夜深。登壇驚嫡將，破陣冠同襟。
雪掩關東恨，蟬寒魏闕心。會當尋太史，直筆付淮陰（韓信）。

聞李登輝過世二首

旗開一面新。獵獵耀強鄰。郝（柏村）宋（楚瑜）非其屬，南（懷瑾）辜（振甫）不與倫。獨行輕用國，百變善謀身。未識登門者，風塵第幾人。

又

（「千風」原為美國詩作，轉譯日本詞曲後，為其所鍾愛，以為頗抒己志。）

彈指變窮通。深心一老翁。縱橫無父子，奇正決雌雄。
望北鄉思遠，圖南霸略空。攀緣從此已，寂寞化千風。

評周恩來

國初整肅彭德懷、劉少奇、林彪，彼率以毛澤東股肱自存。珍寶島事件後，中俄對峙烏蘇里江。彼欲聯美相抗，惟懼裡通外國之譏，遂迎陳毅、葉劍英、徐向前、聶榮臻老帥入京。四人非毛所忌，得以坐論面折。後中美建交，實其本計也。文革時力保鄧小平，留黨一線生機，世稱其德，予意獨不然。蓋其深心取捨於派系之間，乃垂大禍於天下。後人多美其揖讓負重，豈其人歟？豈其人歟？

翩翩慣看惡風波。赤日山河白骨多。四皓閣前陳獻替，
兩軍江上罷兵戈。存孤聊作中興計，許國曾吟正氣歌。
盡道承恩難自棄，誰知向火是飛蛾。

一樹山方尖碑坎貝爾墓

Campbell 爵士一九〇一年捐地為園，人所固知。然其自覺英國殖民有愧毛利種族，遂預立遺囑，建碑長眠於原民腳下，則睥睨歐美，舉世未之聞也。

南國有賢人。匡時不與聞。身先平等義，跡近大同文。
嶺上常眠月，碑尖半入雲。白鷗多古意，晴雨繞高墳。

小重山・六四弔劉曉波

先生因言獲罪，繫獄死。即令海葬，無抔土之塚。梁啓超戊戌六君子傳中敘譚嗣同，有「我自橫刀向天笑，去留肝膽兩崑崙」、「不有行者，無以圖將來。不有死者，無以酬聖主」語，其言茲若人之儔乎？

三十年間一夢驚。憑誰收駿骨，輔燕京。空披肝膽殉譚生。嘆留者，去者兩零丁。孰重孰為輕。匹夫天下志，豈虛名。鯨波孽海暗飛聲。揚灰處，曠代有遺靈。

弔挪威宣教師徐賓諾五首

Bjarne Gislefoss 先生盡瘁台灣五十餘年。少壯隻身而來，於埔里草設竹管病院，後為基督教醫院，與夫人紀歐惠 Alfhild Jensen 扶病救苦，不遺餘力。既老，捐盡積蓄，孑然偕返挪威，百歲而逝。

松楸垂首意徘徊。厚雪濃雲不肯開。誰道老人孤獨死，兒孫萬里在蓬萊。

又

驚心眼底苦流離。上帝榮光固不疑。浪急喧天風靜處，船斜入港月明時。扶貧已嘆千金少，救難何堪一日遲。我願縛茅圍竹管，守城山下起良醫。

又

主內襟懷日月長。每思孤寡與殘傷。從來海島蒼天闊，不信人心世道涼。院落高樓酬夙願，兒童笑語更輝光。悠悠甲子隨流水，四面青山作故鄉。

又

相望依依曙色新。藍簷白塔接星辰。為傳慈善同攜手，欲廣佳音兩忘身。崎頂無眠多少夜，眉溪來報十分春。皮箱一只今歸去，不負神恩不負人。

又

服侍人間老善工。佝僂隻影守初衷。茄苳樹下傳遺事，鄰里相迎喚阿公。

朝中措・謁白榕蔭堂墓園（此為白崇禧將軍之家族墓。蔣總統題「軫念勛猷」四字，門面語也。墳頭有回教禮拜寺與紀念夫人之佩璋亭。亭外石柱高聳，遙祀鄭成功。將軍題有「忠肝義膽」「仰不愧天」「孤臣秉孤忠，五馬奔江，留取汗青垂宇宙。正人扶正義，七鯤拓土，莫將成敗論英雄」，蓋自況也。牌坊楹聯，多為譽在身後之浮辭，唯何應欽「軍國久同舟，此日艱難期共濟。旗常長紀績，不堪耆宿遽凋零」與陳孝威「曾學萬人敵，敢為天下先，有勇知方，一代奇才步諸葛。同作千秋想，恥從降將遊，收京未見，九原怒浪憾神州」動人可感。

生何寂寞死何榮。何處認歸程。百戰一時諸葛，孤忠異代延平郡王。可憐家國，憂愁風雨，誰繼功名。仰視清真新月，剖心可共爭明。

謁印順慧日講堂二首

除非三法印，何處入禪關。寶殿常空闊，微塵自往還。
老僧期我輩，諸佛出人間。會得如來意，隨緣萬劫閒。

又

平生不住持。披衲獨何之。趺坐飛花雨，傳燈拂柳絲。
未辭扶病苦，唯恐譯經遲。言說心歡處，青春正少時。

訪霧峰宮保第並謁林獻堂墓 林家以力田習武為訓，軍勳卓著。初興於林文察，身歿贈太子少保。其子林朝棟既恢先緒，當國重用，得辦撫墾與樟腦專賣，乃蔚為大族，至乙未鼎革西渡廈門。堂弟林獻堂繼為族長，勸學興業，奮為自治議會之請，經年不懼。二戰畢，組光復致敬團赴京滬。值國府遷台，彼以憂讒避忌遠走日本，卒而歸葬。

横鎮前山第一屯。力田習武跡猶存。遺民孤憤開詩社，義士豪情出將門。不返故園秋颯颯，恥看宦海霧昏昏。可憐墓下男兒土，半是春泥和淚痕。

雨霖鈴・清流霧社事件餘生館 記高山初子、花岡二郎夫婦事。

低山横疊。看長橋下，灘石相接。當年人索纏縛，正驚恐處，台車催發。碧血英風蕭瑟，共流水嗚咽。只剩得、老弱零丁，瘴癘川中島孤絕。　神前羽織新婚月。卻如今、枯樹垂枯骨。荒溪目送隻影，從此去、死生長別。夢裡緋櫻，猶是、雲深霧重時節。便縱有、百歲光陰，遺恨何時歇。

記電影奧本海默原子彈之父

蕇雲光頂見閻羅。太尉私逃穴底魔水滸傳事。此日三軍同喜躍，從今四海競兵戈。核能融裂天機淺，人氣浮沉帝力多。靈藥身名如可棄，生民億萬謝嫦娥不忍后羿為禍。

卷四 憶舊

西湖賦序

步韻余英時、張允和之不須曲：「一曲思凡百感侵。京華舊夢已沉沉。不須更寫還鄉句，故國如今無此音。」

未盡劫灰安可侵。悲歌燕趙久銷沉。不須更嘆思凡曲，叩破重闈有鳳音。

闊別十八年欣逢戴紹卿老師

促膝閒談兒女事，旋憂國政似飄蓬。同舟吳越分南北，兩路秦齊聽守攻。熱血曾纓三尺劍，餘懷且盡一毫風。臨池卻笑平生志，皓首毋欺少壯衷。

過和南寺懷余國棟

花蓮鹽寮

別後匆匆見未曾。當年共眺浪千層。諸緣絮過春猶在，百念潮生月自澄。世事多聞能中手，禪心獨對佛前燈。何來暮鼓聲聲遠，椰影薰香憶舊朋。

太魯閣踏青

橫祠澗外半屏霞。燕去空留九曲涯。昔日呼朋攀石壁，此時扶幼過溪沙。會當一飲蘭亭酒，更坐重傳凍頂茶。莫羨少年憂老至，秋霜冬雪亦春華。

沁園春・登山社清水大山重聚

何處相逢，斷岸奇峰，東海盡頭。看插天亂石，長濤一線，橫空白浪，百岳浮舟。試問平生，幾曾有此，五十韶光老少遊。應沉醉，對良朋夜雨，唱遍風流。　星河點點離愁。勝負路、隨緣莫久留。念山林好處，蒼松自得，岩稜磊落，綠水溫柔。伙伴如今，他年車笠，半世交陪曲未休。明朝去，約人間共闖，披我衣裘。

高陽臺・滄海樓詩詞鈔跋

皓月孤僧，斷蓬驚客，芳菲半落霜凋。天姥應羞，江山如此滔滔。膝行入轂千千萬，遍青山、雨捲風蕭。更淒然、盜跖含飴，馮道逍遙。　英雄自古誰酬志，信千年青史，秦火難燒。滄海珠凝，人間甲子輕拋。歡情直似龍湫瀑，渺遊絲、暮暮朝朝。卻何曾、一霎依偎，此恨天高。

廈門大學囊螢樓民國十四年陳滄海求學於此，時年二十五，有晚詠、登砲臺諸詩留存。事見滄海樓詩詞鈔。

情仇國變兩滔滔。已負詩僧一世豪。莫問樓中多少客，蒼天眼下付蓬蒿。

金縷曲·周素子詩詞鈔跋

休倚蘭州月。是當年、夫離子幼，可憐書篋。萬里江河千里淚，漠漠西風殘葉。望不斷、霜天圓缺。亂影香痕三生石，乍還寒、雙照跫聲切。多少事，枉嗚咽。鴻飛天際煙塵絕。遣柔情、閒愁拋擲，故人長別。縱浪原知風波惡，堪折鬢眉俠骨。星冷落、鄉思未歇。關塞春歸潮回日，更何人、凝恨隨飛雪。言不盡，唱三疊。

附 答贈英傑 周素子

見聞先世自閩江。島國棲遲共異鄉。心下詩書惟螢火，望中經理是牛羊。千行滴淚憑瀟灑，萬里投荒未肯降。莫謂陳編無用物，感君辛苦注伊涼。

贈別

四處他鄉四處家。依然眉宇舊風華。多情何日重相見，一抹青山一碗茶。

呈陳朗老師

紫盡花藤老，多情憶舊春。西山浮歲月，獨坐一幽人。

探望周素子老師 和韻老師寄林賢治花城詩「夢裡家園淚不乾。駸駸歲月鬢先斑。此身只合他鄉老，空望年年雁往還。」

惜取青春一晌歡。寧知雙鬢幾時斑。男兒自向他鄉老，何處人間不雁山。

佳人

合是相思若奕棋。梧桐新綠鳳來儀。恍然父母痴心眼，猶夢依依戲小兒。

蝶戀花．悼陳朗老師

塞外低徊行戍客。黯別山妻，寂寞斯文筆。離合死生終有極。儒巾不改丹青色。　應喜兒曹皆玉立。了卻鄉愁，桑梓重開闢。天地忠良千百億。九州何日兼天碧。

定風波．農禪寺詠聖嚴二首

何處慈悲不二門。何來煩惱亂心魂。一片金光浮字影。如鏡。波痕日夜動乾坤。記得遠山連稻浪。深巷。飄然衲履笑黃昏。總是塵緣相伴住。虛度。無情菩薩最溫存。

又 師父圓寂偈「無事忙中老，空裡有哭笑，本來沒有我，生死皆可拋。」

萬紫千紅未必真。晨鐘暮鼓自繽紛。冉冉百年蝴蝶夢。迎送。白雲生滅了無痕。搖曳香荷清月下。瀟灑。緇衣飄處動星辰。盡道忙中無一事。非矣。火傳薪盡意長存。

太湖謁賓四先生墓 先生講學八十年，盡瘁於故國文化，一如韓愈、胡瑗、朱熹之行跡，其後必有豪傑繼起而引領世運者。

斯文一脈接蓬萊。浩渺湖山養俊才。誰識白衣真國士，杏黃滿目破寒開。

悼毓老逝世八年（黌舍楹聯「學由不遷怒，不貳過，臻聖王至德。苑育仁者相，帝者師，履一平要道」，及今猶在目前。）

眼底江山幾覆巢。鑾輿周粟等閒拋。丹心獨抱思千古，龍德唯乾守一爻（初九潛龍勿用）。黃石飄髯教孺子，武侯羽扇臥衡茅。天遺故老傳儒脈，鶴唳蒼松最頂梢。

宴歸呈柯啟郎先生

人生難得閒。感慨聽樽前。佛老疑無理，兒孫信有天。百年空富貴，一笑賽神仙。臨別還相謝，醺醺月上弦。

卜算子・贈湖畔鋼琴師（初春旅次皇后鎮。湖畔偶聞琴聲，悠揚多情，解客幽懷。其人學藝四十年，不欲妝點於殿堂名流，獨喜賣藝街頭以為生計。曰：「佇足而聽，誠愛我之樂者也。彼樂，我亦樂其樂，以為終生之樂，不亦可乎？」予聞之欣然，亦若有憾。）

一曲水雲間，繾綣紅塵意。自在才華自在天。放浪身如寄。新柳數行青，疊雪千峰閉。湖上輕鷗款款來，不負酬知己。

蘭陵王・緣 兒女事若由天定，人可奈何？唯感慨係之矣。聊書所懷寄上，以詞代別。

正春日。窗柳絲絲碧色。輕簾外，光影乍移，燕子低迴又斜出。階前久獨立。思憶。撩人最易。還須怕，長夜未眠，離緒翻來似潮汐。

三年亦堪惜。奈破鏡難圓，雲水相隔。躊躇兒女分飛急。笑七夕烏鵲，牡丹驚夢，聊為癡絕一戲劇。更何嘆今昔。

沉寂。舊蹤跡。但醉別繁華，歡宴駒隙，閒中始覺愁無力。悵雪國攜手，兩心初識。梧桐長巷，路渺渺，意脈脈。

聞林世奇論道有記

慷慨勉諸生。麒麟萬里行。無窮天下事，先問此心平。

上海漫步

還憶年前此巷中。鮮蔬腴蟹女兒紅。醺然席上殷勤語，散作江灘翦翦風。

過上海市西小學有所思 時值放學，家長立於門前接送子女。忽憶初聞時，兒女正情長，今已成過往矣。

總是人間父母心。明珠掌上字千金。吹簫弄玉原無定，賣酒文君不可尋。應悔當時相贈傘，肯從今日共鳴琴。銀河雖隔關雎意，兩盼雙成白髮吟。

舊台大法學院弄春池畔憶往

廊廟如今學長多。年年國事轉陀螺。鬚眉已逐君心改，肯與垂榕照綠波。

題楊曉珮鵝趣圖

窗前歲月過。白雪為誰多。隔岸凝寒露，隨聲起綠波。疏林閒往返，野渡慢消磨。彩筆江湖客，千金不換鵝。

蘇幕遮・敬呈周素子老師

憶荊山，西北望。蘆葦蕭蕭，夢裡還惆悵。幸有文章垂雁蕩。論次賢良，亂世存清響。

避秦人，空俯仰。驚駭平生，勝似錢塘浪。何處吳兒弓弩將。病骨難歸，老驥心猶壯。

虞美人・老將行 友人邱世卿感時撫事，聞者黯然，因摭蔣捷舊句以述其慨。

少年帶劍青雲上。錦繡山河壯。盛年帶劍絳帷中。看取同袍，鐵翼蔽長空。

而今帶劍田廬下。寂寞孤眠也。可憐籌策換虛名。檢點貓兒，相守到天明。

晚宴呈 Jeff Cate 聯 先生退休十年，舊屬咸集為賀。謹以其名為藏尾聯，敬述其志。

廣廈千萬間，願老者安之，少者懷之，誠信乃真豪傑，

好酒兩三杯，遊山中可也，海上可也，瀟灑是大丈夫。

贈鄧詩哲新婚

樹下儷人行。窗前幾度櫻。春風今日事，白髮謝深情。

送別許博亮黃秀燕伉儷

臨別屬良辰。群芳不解人。寒亭連樹色，細雨滿園春。
法界三生事，星河一點塵。合當尋故舊，坐飲菊花新。

輓周素子老師

淚為沉冤者流，凌一世風霜，敢有文章垂雁蕩。
羞作避秦人語，問九州狂狷，寧無小子射錢塘。

滿江紅・悼周素子老師

俠骨冰心，長逝矣，凌風鶴駕。雲渺渺，舊時亭閣，雁湖如畫。身許文章酬苦難，忍教刀筆渾真假。到而今，冷眼看新霜，三更夜。　子胥浪，空叱吒。南史筆，誰驚怕。盼錢塘幾度，素車白馬。無計還鄉終不屈，千行滴淚憑瀟灑（七年前先生賜詩，此為頸聯，下句為「萬里投荒未肯降」）。卻那堪，老盡少年心，孤燈下。

滿庭芳．哀墳前（周素子陳朗老師並葬奧克蘭西山）

七十年間，今誰存者，百萬牛鬼蛇神。劫餘坑冷，江海半遺民。應識鄉賢舜水，東瀛去，歌賦俱新（浙人朱之瑜，明亡渡日，復國無望遂終老不歸）。空追憶，荊蘆欲築（兄妹情語），雁渡故園春。艱辛。誰似汝，青絲換了，老病纏身。更歸路無門，關尹欺人。盡說風雷筆下，還血肉，多少英魂（右派情蹤）。天知曉，庾郎衰矣，珠淚滿煙塵（南朝梁庾信羈北不得歸）。

葉國偉來訪

半百一重逢。相迎笑舊容。塵緣應有命，歲月合無蹤。

悲喜悠悠在，知交淡淡濃。會當攜手去，呼嘯最高峰。

漢宮春・弔畫家陳文一（文革關押於岳陽。島國相遇論學，不意遽逝。）

百里洲堤，看蘆棚縫裡，冷冷天光。少年豪氣，換就十載肩筐。無情楚水，洗卻了，泥血瀟湘。渾野鴨，悠然來去，煙波萬仞高牆。

都道平反兩度，兑償金三百，莫再思量。且持方硯鐵筆，畫馬軒昂。窗前詩酒，共西山，雲白悠長。人世事，吾心安處，他鄉便是家鄉。

拜訪埔里鄧相揚先生四首

九二一震後

樓斜地半傾。瓦礫靜無聲。富厚違初志，平安謝此生。願存恩義事，長報故人情。運數迷如海，心燈夜夜明。

快炒店

昔日讀書篇。何期海國緣。歡遊嚐蛤蠣，勸酒話流年。

虎頭山聞平埔遷移史巴宰、水沙連皆族名。

蘆葦隨風似綠波。遠山拂面鳥聲和。漫思田圳常安樂，不道原民幾拖磨。巴宰流離冬夜祭，沙連寥落杵舂歌。奈何腳下豐饒地，兩百年前戰伐多。

萊園外停車場席地品茗

老去風情不可無。菅芒牆外笑相呼。百年文武興衰事，傾作春茶共一壺。

題許琳青琴曲

事業光陰一羽輕。杏花滿地看分明。行將萬點黃金雨，譜作波濤落日聲。

寄邱世卿二首

日日邊塵報敵蹤。美人台上笑狼烽。軍前不見留侯策，
帳下空無小范胸。慧眼憑誰觀九變，憂思直欲疊千重。
星沉四野蛙聲亂，何處江湖起臥龍。

又

世局縱橫百戰中。先生斗室看從容。兵棋初定天將暮，
邸報紛來夜已濃。堅壁欲為鉗夾勢，佯攻斷是暗藏鋒。
君心細密如抽繭，始信人間有臥龍。

踏莎行．飛官小傳

友人邱世卿遭謗，蓋牛驥同皂，德高毀來。自古賢者多磨難，因賦其人其事。

伏櫪猶思，凌風欲嘯。壯心不向江湖老。春深望遠數峰青，眾芳搖落驚秋早。

滿目雲來，當時年少。力旋銀翼金光耀。而今飛訣教鄉農操控無人機噴藥施肥，喜聽莊稼年

年好。

寄傅子煜 任職公門，協調氣候變遷事宜。返台偶遇，猶憶溯行丹大溪舊事。

最喜還鄉遇故知。聞君國事久趨馳。橫身濁水曾何日，闊步青雲正此時。可待藍天零嚬礙，更繁紅檜萬年枝。白頭再會登高處，不愧群山是我師。

登山社太平山重聚七首

玉蘭茶園遠眺

一襟風色樂何如。蝶舞茶香入畫圖。不辨群峰雲水外，憑欄邀柳看南湖。

茂興坐蹦蹦車憶哈崙索道

翻山欲渡草原南。榛莽歸來對晚嵐。崖頂人聲猶在耳，破空鐵索下魚潭。

雲海咖啡館逢友

燈下驚呼歲月過。幾聲嘆息幾聲歌。夜深笑語醺人醉，應是情多非酒多。

肖楠館外

良夜留人興滿懷。楓紅已映最高臺。參橫斗轉遙相語，一片星光入座來。

鐵杉林清晨

空谷浮光樹倚天。蒼苔含露綠生煙。仰看林下聽啼鳥，我是逍遙一日仙。

三星池畔

翻身躍石過盤松。鵲鳥高低樹影中。吆喝一聲山水綠，與君把臂翠池東。

牛門露營晚會

圍坐高談柴火邊。清歌緩緩繞餘煙。明朝舊友如晨霧，飄散東西又幾年。

題利瑩生溪山圖

輕舟款款碧波間。南北行人自往還。十里長鬚留不住，情深望處是青山。

賦別陳常青醫師 世居湖南崀山，多丹霞地貌。長於針灸，旅紐二十餘年，自號診間為「三步堂」。彼謙其小，予敬其效。既將遠行，謹敘其事以誌情誼，以壯行色。

兩鬢識風霜。晨昏三步堂。醫難千卷少，針短寸心長。不惑希陶令淵明，潛思慕藥王孫思邈。丹霞歸詠日，共憶白雲鄉。

卷五　時事

政府拒絕達賴入境有感

方外遊僧欲渡台。明堂拙計惹疑猜。男兒磊落經綸手，忍把新人換舊來。

立法院學生備詢即事　學生反媒體壟斷，因備詢而質詢教育部長。

藩商衣錦覷江東。熱血鄉兒喝叱中。若乃俠心無俠義，賢愚俱滅一場空。

高雄美麗島車站　一九七九年此地爆發美麗島事件，黨外菁英盡數被捕。如今主客易位，然國政猶有始料不及者。

銀盔火炬竄狼煙。當日雲開萬里天。鐵骨錚錚囚室淚，激情草草廟堂篇。如何論座粱山後，不及歸奔水滸前。美麗依然飄撇島，王城誰更轉坤乾。

台東杉原灣爭議即事　縣政府將阿美族傳統領域海灘撥予財團開發，並巧避環評，輿論譁然。

海角天光一鏡明。白雲閒作水中萍。慢聽商賈酬鄰里，先計兒孫問祖靈。鷗鷺相疑空召喚，江湖兩忘自垂青。

卑南亙古雙睛柱月形石柱，悵望人間怨未寧。

基督城槍擊案即事

神前枉斷魂。此恨與誰論。還作清真禮，翻成血污痕。

深情呼摯愛，白髮泣兒孫。不共蒼天立，無間地獄門。

讀葉嘉瑩先生學習強國平台詩二首先生述作斐然，為我詩詞之啓蒙。頌讀再三，獲益實多。近人傳其新作云「中華詩教播瀛寰。李杜高峰許再攀。已見舊邦新氣象，要揮彩筆寫江山。」私願補綴其意，亦步韻之。

驚霜病樹滿人寰。培土還須刈蔓攀。史筆重來真老杜，

莫教三吏送牢山。

又北宋元祐黨爭，米芾戒懼言禍，蜀素帖中遂有「鶴有沖霄心，龜厭曳尾居。以竹兩附口，相將上雲衢。報汝慎勿語，一語墮泥塗」等語。今亦有類之者。

龜鶴沖天出海寰。同銜竹片漫相攀。雲行慎勿閒言語，

一語迷濛墜道山。

菩薩蠻・香港六月即事

駢肩攜手渾無畏。傷心百萬行人淚。壯志一崑崙。仰天招故魂。江湖春水綠。麟鳳聲相續。他日動雲霄。齊鳴南海潮。

私菸案二首（總統出訪友邦，麾下侍從與情報官趁便走私。）

鐘鼎輪回又奈何。蚊虻碩鼠自穿梭。可憐今日侯門者，曾恨侯門不義多。

又

朔風凄緊亦何傷。守國從來貴自強。記否青天陳縣長（定南），堂堂鐵面照蘭陽。

觀選

忠厚論群英。飄飄一例輕。國仇猶可恕（桃花扇語），私恨最難平。智者驅民入，高人造勢行。來年新逐鹿，不忍問輸贏。

摸魚兒·聽曲有懷兼寄陳秋山 香港民憤迭起，值友人作曲相贈，聲情俱壯。是夜難眠，草就所懷以答，時己亥十一月七日。

怕思量，故園歸夢，茫茫飛絮何往。少年聲淚高牆外，牆內隔如雲嶂。鋒鏑響。霧莽莽。一身肝膽酬羅網。百般惆悵。卻只道前方，微光明滅，相守莫相忘。獅山下，精武門庭坦蕩。人間忠義心上。蔽天風捲霓虹海，翻得幾回濤浪。痴盼望。遍地是，自由瀟灑兒孫樣。死生不枉。待返日揮戈，千秋功過，江月兩相向。

河南官渡古戰場思台海局勢

一時人物換江山。勝負兵機若轉圜。悟得曹公沉靜處，持盈促變守鄉關（荀彧諫曹操，有「情見勢竭，必將有變。此用奇之時，斷不可失」語）。

來來豆漿店嘆尹清楓懸案（一九九三年，彼因法國軍購案在此議事，旋遭挾持滅口，次日浮屍於宜蘭外海。）

風濤碎浪覆雙瞳。破曉街坊客正隆。千億殺機誰料得，
杯盤耳語暖香中。

總統大選前夕（總統府前臨景福門，為舊日府城東門。）

誰主東門具半之。卅年分裂勢難知。騰騰民意傷心看，
也是恩仇也是痴。

南鐵東移拆遷即事三首（晚近都更屢生爭議。台北為文林苑拆士林王家，次年苗栗拆大埔張藥房。時隔七年，台南欲拆陳家。先前其父力爭不得，抑鬱以病，老妻晚景堪憐。今者警民各聚百人對峙，一觸即發。予悲其復蹈前轍，爰書三律以誌，時庚子七月二十三日。）

空望迴樓舊夢殘。天涯何處一枝安。呢喃燕語春長在，
爛漫花開夜未闌。多少艱難憑老淚，幾番寂寞共清歡。
將心欲向庭前訴，亂影紛紛七月寒。

又

五十年光未覺忙。官書一紙走倉皇。漫誇橋畔新林苑，何惜街頭老藥房。柵網重重圍里巷，雷霆赫赫向門牆。窗前車軌連天盡，不及人間暗恨長。

又

斷續牆垣斷續風。平生心血轉頭空。無如遺憾還天地，且任流言伴始終。貪蜜遊蜂多所盼，安巢倦鳥復何衷。鳳凰花老知人事，怒放南瀛一片紅。

美豬關防一夕開放

容易莫參詳。城中坐大王。公卿齊指鹿，府院疾驅羊。黨意渾無定，輿情勢不長。遙憐東海月，憔悴照興亡。

讀陳坤一己亥冬選後感賦詩 政爭日亟，無可解。先生嘆曰「嚚嚚紛擾見鴻溝。白髮休擔百世憂。且盡林泉丘壑美，江山留與後人愁」，憮然和之。

漫將民意畫鴻溝。坐守權門且忘憂。今日誰知明日事，江山留與後人愁。

國慶茶會五首

禦侮正艱難。鬩牆又萬端。年年當此日，不忍望旗竿。

又

國號似人情。百年忘姓名。且歡今夕酒，世事少清明。

又

碧海白雲間。機群恣往還。諸公言對策，護國有神山。

又

攻守互爭強。山河盡國殤。卻憐慈父母，門口送兒郎。

又

茶點慰鄉懷。寒暄信口開。心中多雜亂，漫問幾時來。

情殤人有因三十年前緋聞而久鬱墜樓者，問世間情為何物？相許亦相恨。

郎才女貌鏡中身。燕去空樑暗落塵。容易有情成眷屬，最難眷屬有情人。

秋興八首聞美國軍售布雷車與役期延長定案，箭在弦上矣。

潮落晚風強。丹山舞白芒。未從回憶老，卻看隱憂長。

户吏催圖籍，監軍坐廟堂。兵棋三兩點，十萬少年郎。

又

勝敗事無憑。誰懷桑梓情。工商停舊業，步砲點新兵。

耳際功名重，壕中性命輕。腥風三反覆，草木盡猙獰。

又

旌旗掛樹枝。骸骨復何辭。嘆息初通日，躊躇共議時。

富強聲獵獵，民主意遲遲。久隔難為信，同心路已歧。

又

安危不自持。國運任推移。我哭千行淚，人看一局棋。

有錢添後備，無計可前知。血脈稱兄弟，頻催七步詩。

又

國步苦艱難。烽煙漸海寰。民情分壁壘，漁利鎖連環。

仁義千年事，冤仇一念間。應憐離亂後，魚鳥失歡顏。

又

風車映曙光。鷗鷺過埤塘。雲逐青山遠，沙隨白浪長。

海天俱壯闊，物我兩迷茫。或恐兵爭起，他鄉勝故鄉。

又

跨海鬥仙班。投鞭誓不還。合圍驚法界，傳檄詔凡間。

鯨影橫吞日，龍吟欲挾山。黎民千百萬，生入鬼門關。

又

香稻滿田疇。鬚榕拂面柔。賢愚多義氣，鄉鎮競風流。
捭闔真儒事，監門壯士羞。蓬萊天厭否，晝夜使人愁。

霧峰五桂樓記櫟社夜宴事

梁啓超訪台寓此，與林獻堂諸賢雅集賦詩，論列世事，殷勤相誡勿以文人終身，善處強權翼下。事隔百年，吾土復為兩強俎肉，而斯人杳矣。

望月峰頭宿鳥喧。人間何處覓桃源。艱難相惜樽前酒，
慷慨悲歌水上軒。玉碎空為生者恨，雙全豈是懦夫言。
百年世變今誰解，長憶任公與灌園。

題紐西蘭台灣日楹聯

從來黑水翻騰，無智勇則無民國。
同仰玉山磊落，有仁義必有台灣。

汪柏成題箋

登劍潭圓山

浮海歸來僅寄心
百年遺詠猶登臨
樓基盡換秋山色
劍珮[illegible][illegible][illegible][illegible][illegible]

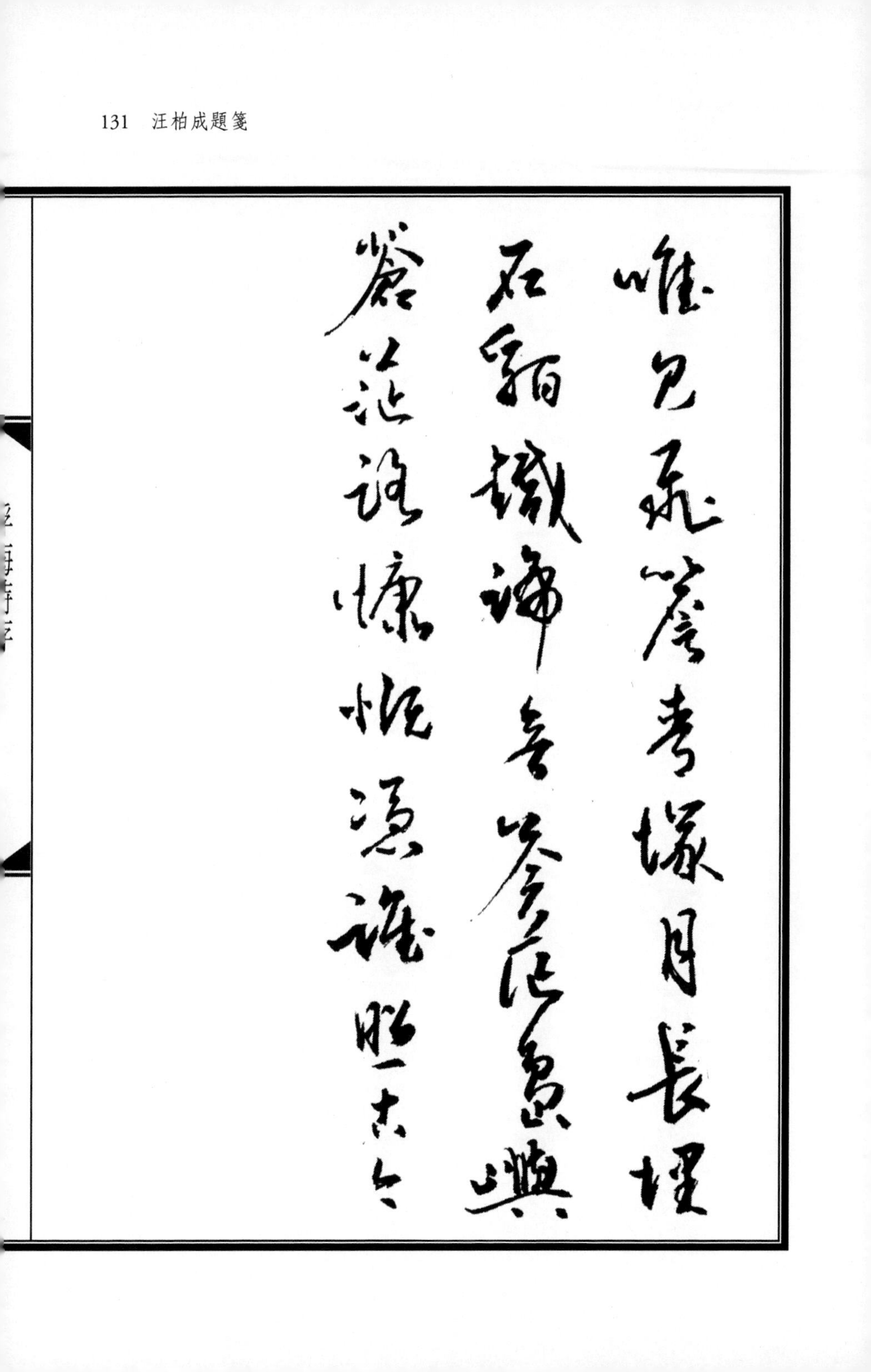

南鄉子　鄭州花園口

黃河決河津，滾滾洪流，阻日軍。一救桑田撤沂海，寇記。百萬生靈寧毀身。襄襄于將士，談笑斬敵春。

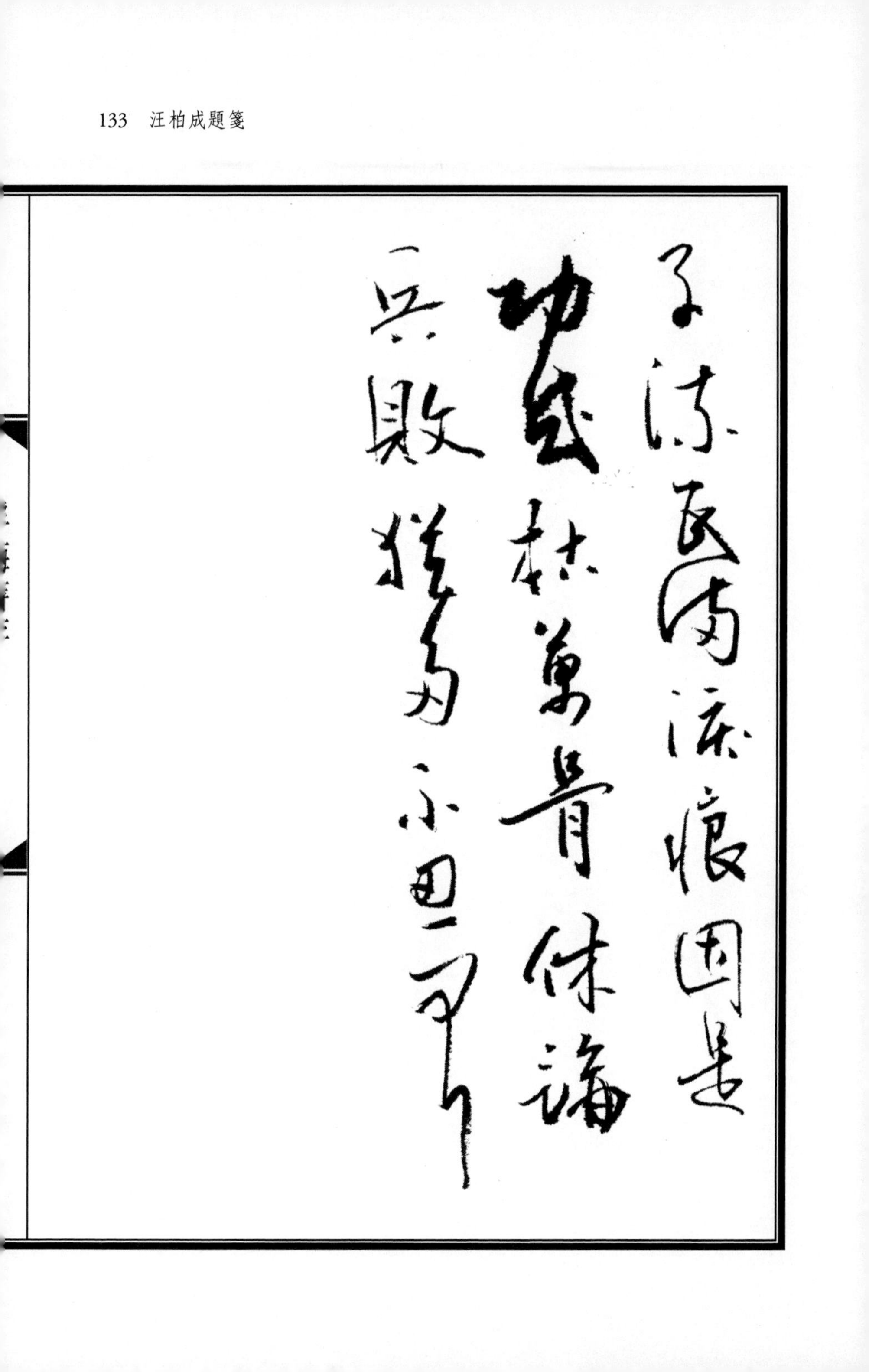

西安寺懷居

歸來梅雨動荷葉庭
除楓落遠寺松鳥
月下廬花開螢隆面
讀吐右軍書歷歷光

叢五臺大文殊殿累遮賴
雲屏玉帶塔連野寺
眾僧稍半洒漾飛勇輪
心共精幾譽一相宜中觀
如識採母鄉然上摩詰

傳燈法鼓懸動了心之才
無盡意遠隨明月傳
三千

臨江仙　生日詠志懷

一路風雲塞月依稀玉

殿樓高處認瑤琴韻

輕拋鳳闕江夜闌孤渡

舊山搖憶樹斷橋邊小

壽似收秋吾春歌了教
處恨多蕭條逸逸珠添
在箴箴超渡濤

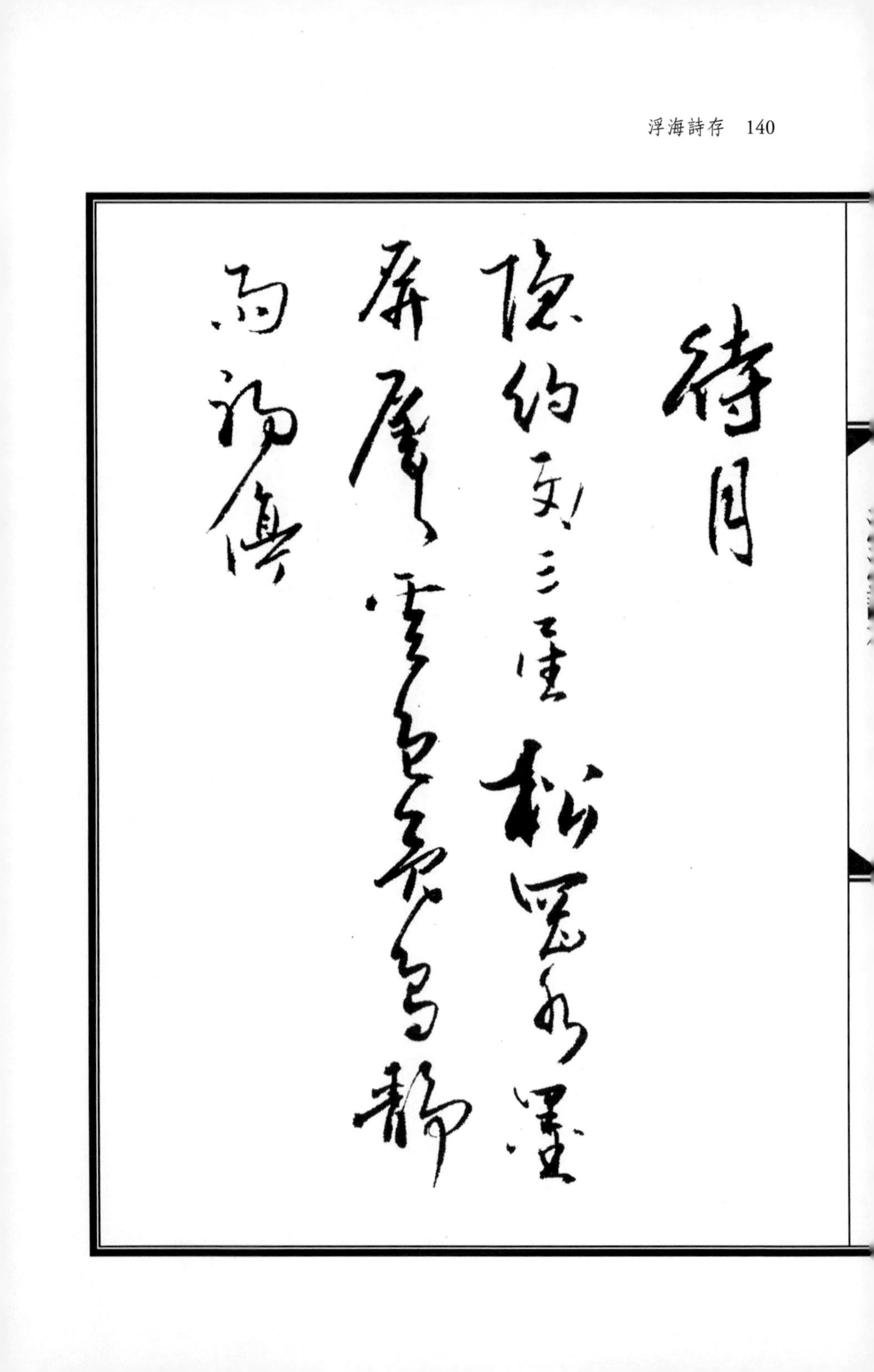

待月

蘭陵王緣

正春日宮柳絲絲碧色

輕籠殘光影長移盡了

低迴又斜出階前久獨

立思情懷人影為遮隱

恒長夜未眠雖強睡來

孫儆沔

三年未堪惜奈破鏡難

重圓雲飛桐陽詩話笑

安分飛急吸乞多鳥鵲

143　汪柏成題箋

牡丹驚夢聊為證
總一齣劇史何嘆今昔
況辭意誰訴但殊紛繁
羨歎宴駒隙間中始
贊然無為
張雲國播

年屆八秩識梧桐長巷
話淵淵意振振

摸魚兒

聽曲水懷畫裏秋山

恆思量故園歸夢

花花飛絮何往少年

聲添高情綠清內陽和

雲隱錄鎬[illegible]鎖蕭蕭
一手纖纖珊羅經百般
惆悵鄉思莫寄古徽光
咏滅相尋莫不忘獅心
結纓屯[illegible]寿垣隔人間

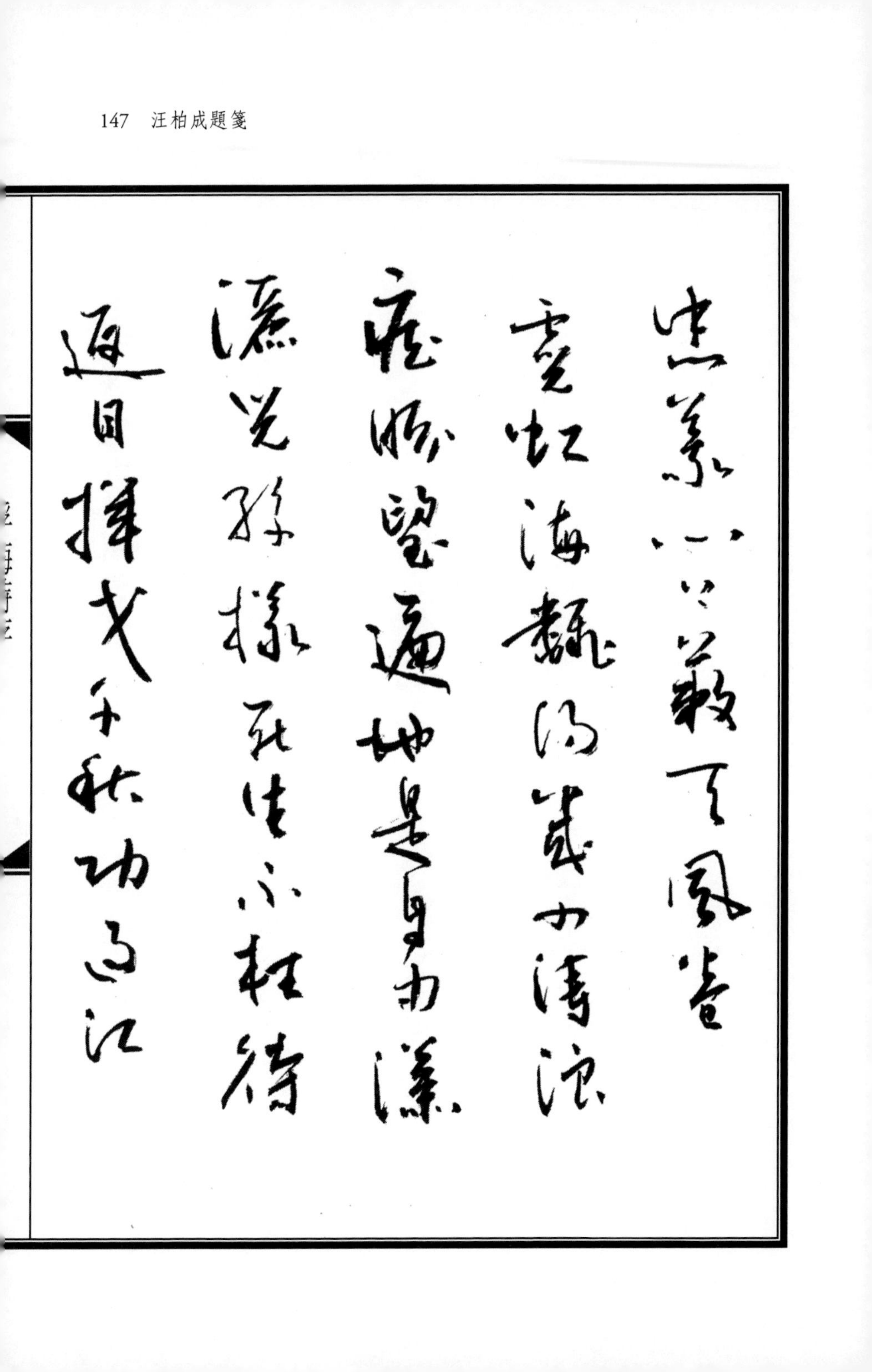

月兩相向

編年目次

壬辰（二〇一二年）

癸巳（二〇一三年）

辛丑（二〇二一年）

癸卯（二〇二三年）

跋　懷念陳朗先生

詩集出版，老師應該會笑呵呵吧？

他始終是位學者。直到過世前不久，我還在書齋中一同哈彎了腰，看著他小心翼翼、用報紙夾存的許多書畫簡牘，聽他品評，討論著其中疑問。記得有一幀書法，紙卷殘破，但字跡栩栩如生。老師慫恿著我摸。我說這古物不能摸吧？他笑著揮手說：破紙破紙，哪有什麼不能摸的？二百年的真跡，我於是輕輕撫過。隨著點墨飛舞，執筆者當年湧動在心中的情緒，彷彿真的穿越時空而來。再抬頭，老師滿臉笑意，問我說對吧，要摸吧？

是的，我第一眼看到他父親和四叔的手稿時，就是這種感受。案頭上滿滿的信箋紙片，每一張，都是輾轉了幾十年飄洋過海的。上頭圈來畫去的行草，輕盈盈的，卻因為承載了斑斑回憶，而透著一輩子、一整個時代的沈重感。算是緣分吧，我就這麼開始幫著整理，從《滄海樓詩詞鈔》、《秋半軒詩詞鈔》、《周素子詩詞鈔》到《西海詩詞集》，一一調整編排，逐條作注。

那真是快樂的時光。一字一句，甚至標點符號，數不清經過多少次的來來回回？老師不會用電腦，我工作也忙，許多校對，都是靠著他女兒居中傳遞。但有時他急，有時我急。等不了的時候，我就匆匆列印出來，趕在高速公路塞車前，飛車半小時，到城西請他過目。碰上疑義難解，他會立刻拿起梯子，在滿牆堆疊的書架裡上下左右的尋找典故、事由、比對原件。一晃幾個鐘頭過去，便看著日頭偏西，金燦燦的斜暉籠罩西山，灑入齋前。偶而，我在其他材料中增補到一些散佚的好詩，或是推敲之際豁然有得，老先生也會驚訝叫好。

詩稿中難免有錯字，何況經過這麼多年多次的傳鈔和電腦繕打？詩詞用語精練，字字有份量。錯一字，皆是毫釐千里之差。散文的錯字易尋，詩詞的錯字談何容易？若不追究文義，是指著錯字也看不見的。有時我找到，有時老師拿著閱讀的放大鏡找到，有時被老師遠在中國的弟弟陳詒先生找到。每逢錯字現形，那真是可以手足舞蹈，浮一大白！師母周素子女士看我們樂的，總在一旁笑說：這會兒又淘到金了。

有些是選字用詞問題。有一回，我說到老師的某某詩裡，可能換另一個辭彙比較妥貼。他琢磨之後覺得我對，就說，改！並稱讚我是他的「一字師」。那天回去，我高興了好久！當然，也有挨罵的時刻：「詩詞之作，是別才，是天生的。有的人天生十來歲，寫出就像詩，有些人到老也學不會。你的專長，似乎不在詩道。但你的理解力很強，說一知二，觸類旁通，我所不及，大可造就，大有可為，問題是經驗。詩詞要多讀，多思考。要博覽，多吸取別人經驗。要虛心，不要會了一點，就躍躍欲試。」

如今想來，若沒有這幾年耳濡目染的功夫，我根本寫不了。所以現在，我把整理書稿時寫下的各篇序跋，一併收錄於後，這原是我最初始的感動。正是這些感動，讓我覺得古典詩詞近在咫尺，刺激了我想學、想寫，理應作為詩集的一部分。

有天清晨，我迷迷濛濛的聽到老師說，幫我寫點東西吧！一睜眼，發現是夢。後來，就接到電話，聽到去世的消息。告別式上，都是親舊難友，靈前高懸著輓聯：「此生苦秦久矣邦危有幸適樂土，來日義軍興焉家祭無忘告朗翁」、「青雲非所望，白石終有期」、「寬厚能容，清雅高潔」、「抛殘歲月何為者，茹盡酸鹹卻淡如」。我讀著一邊不捨，一邊又覺得十分榮耀。因為這些話，老師都當得起，完全對得住他一生的行誼。我也寫了一首〔蝶戀花〕悼念：

「塞外低徊行戍客。黯別山妻，寂寞斯文筆。

離合死生終有極。儒巾不改丹青色。

應喜兒曹皆玉立。了卻鄉愁，桑梓重開闢。

天地忠良千百億。九州何日兼天碧。」

喪禮後的下午，細雨霏霏。我回到家，鋪開了一幅他的手書，寫的是他四叔的七律：「百劫書生習未除。經窗彩筆待何如。他生不侍靈山佛，擬替東皇作秘書。」看著字，音容宛在，當時他說：「只是寫來消遣。我學老米的字，本來還可以。但這幾年不行，筆拿不住，抖得厲害，估計是不久了。」他拄著杖走上樓梯，送我到門口：「不過，等《何以藝為》和《清季民初名人手札》出版，我就心滿意足了。」凡人所求，福祿壽子，天堂佛國。先生所求，兩本書而已。師母曾對我説，幸好老先生晚年有你這麼一個學生。其實不是的，不是的，是我幸運，碰上這麼一位特立獨行的學者。

此刻輯成詩集，老師已遠行。真希望回到書齋中，聽他濃濃的鄉音，批評我哪個好，哪個不好？哪個要實，哪個要虛？哪個聲音不對，哪個犯韻出律？哪個沒有意境，哪個詩意太雜？不過老實説，這些我都不怎麼在乎。我真的想學的，是在面對半點不由人的命運中，詩詞如何能在心中撐開一個巨大的空間？我真的想學的，是當我老到走路危顫顫的時候，如何有精神，搔著頭髮，陪著小我四、五十歲的年輕人，為了幾個字斟酌再三，半苦惱，半開心，欣欣然不知明日之將至。

二〇二〇年四月

附錄 歷年詩序與英譯

附錄一　周素子《西湖賦》序

叩破重闇有鳳音

從文明史的角度，中國是一個早熟國度，很早便有尊仁重義、尊生重人的思想。從現代史的角度，中國是一個困在戰禍和軍事統治裡的封閉社會。而從本書作者周素子的角度，她生於斯長於斯，中國更像是一個身世，不斷浮現著良善與殘酷，美夢與噩夢……

讀這本娓娓道來之書，不難窺見古典中國的形貌與丰姿。她一往情深，記錄了故園舊遊與各地見聞。「樂山樂水」是地方誌，「藝林藝事」是藝誌，「今雨舊雨」是人物誌。透過質樸文字，如史的敘筆，她把模糊了的民間軼事又細細勾勒，重現人文光彩。比諸先前作品

《右派情蹤》與《晦儂舊事·老家的回憶》裡的蒼涼飄零，讀者當可較為平靜的閱覽形形色色的山川風物，以及一種千百年揉合下來的地靈人傑。

往事恰如風柳，撩人亦暖亦寒。二十二歲，她蒙受不白下鄉勞改，折磨達二十三年之久，獨力撫養三個女兒長大。其間遭遇，我不敢想像。假若我羈押荒漠，妻子帶著幼兒餓凍乞活，如何忍辱二十年？此等苦楚，此等命運，使我深深折服於她的堅韌。甚者，此等局外人想都不敢多想之事，過去便是過去，當事人有誰仍願意回想？周女士不然。她劫餘發憤，重入陰暗之中，慢慢拾起那些被恐懼與淚痕刻蝕見骨的記憶殘片。一回想，一回痛。一回死，一回生。方知隻字片語，盡是勇者心淚。書者何辜，讀者何幸！

本書出版，正值香港中文大學發起召開「紀念反右運動五十五周年」。算算年歲，當初最年幼的右派，如今已近八十。物故人非，平白凋零。罪名雖已平反，傷痕猶自深埋。但願中國早日撫平這一輩人的創痛，使油盡免於燈枯，薪盡幸得火傳。也願生者頤養天年，更傳語子孫切切慎思明辨，何以如此壯闊江山，如此深厚文明，如此血性兒女，卻在二十世紀破敗的糟蹋的如此不堪。這樣，則新一代青年長成之時，中國當有自信從橫掃斯文的狂潮中站定，大哭一場，洗心革面。《右派情蹤》裡記有《不須曲》一段緣，前賢憂國，悽然紙上。我不揣冒昧，爰和一首以綴序末。

未盡劫灰安可侵。悲歌燕趙久銷沉。不須更嘆思凡曲，叩破重闇有鳳音。

二〇一二年七月

附錄二 陳朗《瓻齋文存》序

不廢江河萬古流

惡浪滔滔，逝者如斯。雲散月明，不逝者如斯。

先生生於動亂，長於動亂，本應是在學術界大放異彩的人物。不料青壯之年，流放二十年，與家人分離，與種種美好的人生追求分離。連走避的念頭和機會都不曾有，便捲入了絞碎一切的黑洞裡。這不單是一國災難，更是人類文明史上空前絕後的大浩劫。清初薙髮，號稱「留頭不留髮，留髮不留頭」。此則薙腦，是「留頭不留腦，留腦不留頭」。萬里山河，邊疆農村，轉眼成了巨大沒有圍牆的集中營。營裡關的不是戰犯、不是政敵、不是異教徒，而是思想有罪的知識份子。

而陷人入罪者，竟是身邊左右怎麼也想不到的親友同事。反右以降，江山如焰。

先生有言「當民族文化遭到摧殘或將瀕於泯滅，其痛切之情，尤深於亡國亡身」。此真英雄語。偏偏大禍臨頭者，正是此等人。林沖夜奔，恨天涯一身流落。蘇三起解，未曾開言心內慘。假戲且賺人熱淚，那麼百萬人夜奔、千萬人起解的一幕真戲，又該如何唱演？我嘗想，換作是我，耐不耐熬？熬出的是怎樣一條命？熬過來會怎樣恨世恨人？孟子言「可以死，可以無死，死傷勇」，諸葛亮言「苟全性命於亂世，不求聞達於諸侯」，《心經》言「觀自在菩薩行深般若波羅蜜多時，照見五蘊皆空，度一切苦厄」，我無法臆測，若孟子、孔明、觀世音躋身右派，將如何自全？如何傳道？還是也如學者馬一浮的下場，在紅衛兵抄家時乞憐一方硯臺，卻賞得一記耳光？

書中甚少敘述這些磨難，僅〈右派情蹤後記〉〈鬚眉走出小兒狂〉兩篇稍見。一述夫妻情深，一述落難知交，均是隱隱文字，憂愁風雨。但此書到底不是傷痕之作，而是學者之書，總共收存了四類篇章。一是詩論，有黃宗炎詩、潘天壽詩、杜牧〈張好好詩〉之探討。二是劇評，有《西樓記》、《爛柯山》、《千金記》、《蝴蝶夢》、《臨川夢》、《燕子箋》、《風箏誤》等諸曲漫談。三是序札。四是交遊軼事。先生工於詩詞戲曲，一生學問在此。雅士方家，不難見其治學態度與藝術上的琢磨功夫。先生蒐文成集，訂名「瓿齋文存」。「瓿」是瓦罐，取意「覆瓿」，謙稱此書沒有價值，只能用來蓋住盛水盛醬的瓦罐。我想，若此書合該「覆瓿」，也該是拿來覆在近代中國這隻動亂的大瓿上！先生厚愛，囑我作序，曰「此書有周有光、周汝昌書跡，又有沃興華題簽。若加上你，則老、中、青三代備矣，豈不有趣？」我本不敢當，聞言則不敢辭。

先生文章，透著一種史論精神，一種面對歷史與人物的觀點。〈黃晦木吳游即事詩考釋〉明為論詩，實則論人。〈聽天閣詩淺探〉的「詩為心聲、書為心畫」，乃在人格風格之間立論。〈「有竅」與「無竅」〉，描繪了張漣的幽默，譏笑吳偉業的降清事。〈「英雄泣下淚無聲」〉，則以虞姬不離項羽的橋段，寫錢謙益與柳如是的愛情與志節。篇後追憶韓不言、林鍇，閱其事，讀其詩，如見其人。這原是中國讀書人非常在乎的主題：面對變局，時代感受是什麼？自我分際與自我選擇是什麼？後人讀其事，正該看清前人的治亂興衰，究竟是源於如何的人物賢奸？

譬如歷來鬥爭下的受難者，如今死則死矣，老則老矣，眼看著身名俱滅，加害者愧疚了嗎？右派改正，加害者改正了嗎？往事如煙，零落成泥。他們一生被浪費了，時間到底站在誰那邊？倖存者於國於民，早已有心無力。對照他們日益銷減的影響力，加害者贏了嗎？明清之後，政體益趨專制。民國內憂外患，繼續加劇了軍閥集體主義的獨裁，乃至文化大革命達於六百年來的高峰。往下呢？近代西方人揭櫫了人權與民主，為二十一世紀立下法度。中國敗，學術先敗。中國要興，學術也該先興。當代中國人準備拿出什麼像樣的人道主義眼光，為此後百年國運與人類社會立下法度？

這是衰世之書，所記衰世之事，但也不妨是衰世轉盛世之書。因為歷劫之餘，仍有不肯屈服的人心品質。我讀先生文章，想到他所在乎的藝術，想到他在牛棚中偷偷讀書，想到他事過境遷，依然回到自己鍾愛的所學上，把生命完全融入一個傳統之中，樂此不疲——我知道加害者沒有贏。或為先生抱屈，一等才學，只酬得文章數十篇。但人各有命，顏回也無一詩一句流傳。孟子說「君子所性，雖大行不加焉，雖窮居不損焉，分定故也。君子所性，仁義禮智根於心。」人活著，就這身風骨。薄薄一書，先生盡了餘力。他透過此書告訴我們，在那樣的動亂時代中，他的心還如「蒸不爛、煮不熟、搥不扁、炒不爆、響噹噹的一粒銅豌豆」。至於損失，那是國族損失，是人類文化的損失，不是他個人的損失。

頂天立地，堂堂正正，便是人物。是為閱讀心得，是為序。

二〇一二年七月

附錄三 陳滄海《滄海樓詩詞鈔》跋

是辛亥以來中國第一代讀書人

時代摧折人物，總是劇烈。人物浸潤時代，卻是悠長。

商紂亂世，孔子讚美微子、箕子、比干為「殷有三仁焉」，縱論了動盪下的三種人生態度。比干是玉石俱焚，微子是遠離風暴，箕子是忍辱偷生。孔子認為選擇不同，但同為保全自我，不讓命運左右良心，維持了心靈純粹，都當得起「仁」字。那麼，二十世紀中國有沒有這樣的獨立靈魂？千百年之後，民初人物會留予後世哪些人格記憶？依孔子觀點，對照毛澤東開國之後讀書人一夕罹禍的局面；我想，如熊十力者可比「比干諫而死」，如錢穆者可比「微子去之」，而如陳季章者，可比「箕子為之奴」。

（二）

先生為浙江溫嶺人。青年時避禍出家，法名蘊光，號寒石子，還俗後更名滄海。生於清光緒二十七年（一九〇一年），卒於新中國一九六四年，受業於李叔同、夏丏尊、蕭仲劼諸師，遊於潘天壽、郁達夫諸友，從靜權法師習禪。他擅於詩賦，詩風平易，俊秀磊落，於民初獨出一格。釋滄雲稱之「清而美，豪而放，絕煙火之氣，有蘭桂之風……其少年作品，一種纏綿悱惻之處，尤超勝於曼殊倍且蓰矣，誠為僧伽翰苑中不可多得才也」。盛配稱之「詞學花間，極淒清婉麗之致。出家時所作，多幽邃清淡，亦不乏豪語。孤蹤飄泊西南諸地，詞風漸趨蒼涼憤悱」。讀其詩，如見其人，如見其心。《蕙風詞話》云：「吾聽風雨，吾覽江山，常覺風雨江山外有萬不得已者在。此萬不得已者，即詞心也。而能以吾言寫吾心，即吾詞也。此萬不得已者，由吾心醞釀而出，即吾詞之真也，非可強為，亦無庸強求」。詞心，正是先生傑出處。

先生書香世家，兄弟姪輩俱能詩。歷史上善為詩文之家如三曹、三蘇、大小晏，皆為美談。若在承平，先生當為文學藝術而傳承一方，傳譽鄉里，怎待親友冒死藏稿？又怎待淒涼至今始得匯編《秋扇》、《浪花》與《拈花》、《味雪》、《遺珠》等遺稿？其坎坷生平，可參見書中之序、函、傳與年表，此不贅言。《秋扇》集中，先生且有「志士仁人無暇讀之、新學之士不屑讀之」的感慨。如今世運遷移，我有緣於甌齋聽講詩詞，得觀其稿，遂不避學淺，以一般讀者為設想作注，盼為先生覓得異代知音。

〔二〕

先生一生經歷佛門、軍旅、牢營三階段，計有詩五百七十餘首，詞二百二十餘闋，恰成三種風格。以下我試為勾勒。

天台山時期，先生最見灑脫。讀「一雨值新晴，青入僧家袖」〈山房雜詠〉，知其徜徉山水，兩忘物我，是以「暮色何迢迢，山齋何寂寂。無心一倚欄，覷見松間月」〈春日閒吟〉等禪門忘機之語，俯拾皆是。而如「挑盡殘缸夢不成。整襟危坐度寒更。梧桐落盡秋來葉，夜半空階月有聲」〈秋夜不寐〉，則翩翩然入於化境。

抗戰軍興，先生還俗從戎，感時憂國時有所賦，諸如「古寺深林裏，殿宇何輝煌。黑夜施焰口，白日拜梁皇。卻怪諸禪和，只為死人忙。誰念有活人，飢寒臥路旁」〈《浪花》集六十七〉、「龍華古寺值春和。鬢影香車來去梭。我怕踏青郊外去，道旁今日餓屍多」〈龍華三月〉，極其寫實的描寫了民間疾苦與人民的流離失所。

再讀「合將一缽悲秋淚，灑作沙場碧血鮮」〈投缽從軍書懷〉、「髮從頭上千莖白，心在腔中一顆丹」〈示蕭君〉、「敵騎縱橫問鼎過。八年荊棘葬銅駝。疆場戎馬干城少，廊廟衣冠市儈多。慷慨誰揮憂國淚，悠揚人唱隔江歌。儒生枉抱屠鯨願，橐筆人間鬢已皤」〈陪都客思〉等篇，書生報國之心與戰後國民政府的醜態，昭然紙上。隨後新中國建立，大開清算敵我、過濾出身之風。先生這等真摯熱血的愛國志士，竟以有罪之身下放蘇北，羈押十餘年。閱其當時所記：

「冬耕急。河橋踏雪侵晨出。侵晨出。冷風如箭，凍泥如鐵。千鋤力盡偷休息。抬頭還見殘宵月。殘宵月。淒涼相照，可還相識。」

〈憶秦娥〉

「歷七番寒暑，千里風沙，滿頭霜雪。今日喜君，把行囊收拾。桃李風清，桑榆日暖，眼底芳菲節。茅舍崗燈，從茲換取，庾樓明月。

無酒相酬，有心相照，不是尋常，者番離別。依黯河橋，後會知何日。北國關山，南天道路，珍重輪蹄鐵。莫便相忘，如今伙伴，他年車笠。」

〔醉蓬萊・送別陳禮江君〕

掩卷沉思，能不驚心動魄？這早已為後來文化大革命中無數知識分子的處境，預為悲鳴！先生陷巨變之中，無人可親，無人可語，聊可安慰者惟剩妻兒故舊。發為詩詞，俱成血淚之跡：

「書生自古有窮途。莫問青蓮慟哭無。憂患不曾流點淚，況今老淚已全枯。」〈詠懷十一絕，寄天台國清寺主澹雲大師〉

「十年患難相隨。蜀江西。萬里關山風雪共輪蹄。　人散也，寒冰夜。暗心悽。還見故衾刺有燕雙飛。」〔相見歡・懷內子作〕

「心頭多少酸辛事，欲訴君前。欲訴君前。一道嚴濠路幾千。　肝腸寸斷終何用，雙淚空懸。雙淚空懸。人在殘更未曉天。」

〔采桑子．為內子作〕

「百年天與愁光景。鏡裏霜華冷。誤人自古是儒巾。何況浪拋心血作詞人。　入山曾入山深處。重負山靈誓。青衫歷盡惡風波。襟上酒痕孰與淚痕多。」〔虞美人〕

〔三〕

至於先生與知己張雪風之間，二十餘年深情相繫，惺惺相惜，感慨尤見刻骨銘心。晚年獲釋歸鄉後所書六首〔金縷曲〕，字字嗚咽，直似癡人絕筆。

「錦字試憑雙鯉送。目斷煙波，愁壓眉尖重。相憶未成相見夢。西城山下雞聲動。　吐繭春蠶甘作蛹。輾轉纏綿，誰是多情種。兩意當初都錯用。兩心長負難言痛。」〔蝶戀花〕

「總算生還矣。看門前、春風兩度，吹開梅蕊。消息未通君莫怪，愁隔錢塘江水。嘗已慣、別離滋味。縱有吳箋三百尺，也無由、一罄蕭郎意。屢舉筆，旋拋棄。　故人畢竟情難已。近些時、中宵少睡，挑燈還起。譜出心絃甘苦曲，權當巴山夜雨。念後會、相期何處。老矣文園多病客，願他生、重結成知己。言止此，滄海啓。」〔金縷曲〕

〔四〕

綜讀先生全集，青壯之作多空靈，有王維詩畫之妙。中年多悲憫，有杜甫憑高之意。晚年多沉鬱，有陸游悼別之哀。我則獨愛先生青壯之詩。此時年華正盛、瀟灑柔情。眼耳鼻舌身意，所入皆美，豁然是一己心靈與無限宇宙的和諧交融。更兼質樸清新，意與風發，帶有一種新時代洗蕩下的開闊與豐潤，乃並世詩人所無。《人間詞話》云：「詞以境界為最上……無我之境，人惟於靜中得之。有我之境，於由動之靜時得之。故一優美，一宏壯。」試讀「深山天欲低」、「不知天一夜，曾下雪千山」、「四壁松聲風入座，一庭花韻月當樓」，是無我之中的優美。「禪心銷俠骨」、「詩境靜開千頃闊」、「除卻一輪華頂月，更誰相伴到如今」、「西風吹響梧桐葉，曉起開門一笑秋」是有我之中的宏壯，先生可謂兼得。至於「算來行樂處，畢竟是禪關」「一陣清風吹夢破，禪心山月共嬋娟」、「秋翻大地蒼黃色，鶴唳長空嘹亮聲。識取人生究竟處，漫為節序更心驚」，或詩或偈，情理兩燦，俱是外境流變中洞見的一瞬人生真面目。這應是先生最為沉醉生命之時，可憐曇花一現，隨即為席捲中國的慘烈風暴所掩。對比後期《味雪》、《遺珠》之作，尤覺不堪不捨。

〔五〕

北宋蘇東坡在〈留侯論〉中評論英雄，認為必有過人之節：「天下有大勇者，卒然臨之而不驚，無故加之而不怒。此其所挾持者甚大，而其志甚遠也」。因為心懷理想，不信荒唐事能天長地久，所以任它剝奪自由，任它百般凌辱，便要為了這口氣活下去，身囚心不囚，這便是孔子讚美「箕子為之奴」的道理。蘇東坡去世前一年，於海南島遇赦北還，渡海時寫下「雲散月明誰點綴，天容海色本澄清」、「九死南荒吾不恨」之句。先生謫返，也有同樣言語：「如今景物些些異。數眼前、驛亭未改，旗亭已圮。流水板橋依舊在，只少浣紗人語。吾自樂，山中活計。縱有黃金無酒買，任秋風、吹起蒓鱸味。吾不屑，牛衣淚」〔金縷曲〕，可知自古「士尚志」，千金之子不死於盜賊，赤子之心不毀於慘酷的政治鬥爭。

雖然當事人「九死南荒吾不恨」，讀者卻不應無恨。中國古來為詩人之國，忽遭空前浩劫。而其發動者，居然是自詡為詩人者，何其諷刺？嘗讀其膾炙十三億人口、皆曰氣吞山河的〔沁園春〕，毛澤東譏笑五個皇帝均為草包，能作戰不能作詩。且毋論其旨。難道不知軍力最弱的趙匡胤杯酒釋兵權，一改安史之後軍權箝制政權逾二百年的惡習？更相傳有「不得殺士大夫及上書言事人」的太祖誓碑，尊禮士人，開創了一段人文蔚起的輝煌年代。趙匡胤作的，乃是振興文化的風騷大詩。怎麼比？

沒有人可以決定自己的出生時代，卻可以決定自己的死後意義。商朝過去，比干微子箕子留下。東周過去，孔孟莊老留下。魏晉過去，陶潛王羲之留下。真正的江山人物，都以巨大的文化能量向後世放射。敢問毛澤東過去，誰會留下？近來有關民初人物的傳記，屢見「最後的什麼」「末代的某某」，我不以為然。我也不相信先生是舊中國最後的讀書人。天憐中國，哪裏有悖於仁義、不鑒經史、分明不肖子孫者偏偏言必稱祖國？當世縱使出不得英雄筋骨，也當識得英雄身影。

區區文字，我為先生作注。寥寥一生，先生為斯文作注。天憐中國，則先生必為新世紀中國的第一代讀書人。爰作〔高陽臺〕詞，敬弔先生行誼。

皓月孤僧，斷蓬驚客，芳菲半落霜凋。天姥應羞，江山如此滔滔。膝行入轂千千萬，遍青山、雨捲風蕭。更淒然、盜跖含飴，馮道逍遙。

英雄自古誰酬志，信千年青史，秦火難燒。滄海珠凝，人間甲子輕拋。歡情直似龍湫瀑，渺遊絲、暮暮朝朝。卻何曾、一霎依偎，此恨天高。

二〇一四年七月

附錄四 陳仲齊《秋半軒詩詞鈔》跋

十步之澤必有芳草

陳仲齊（一八九〇～一九七九年），號秋半翁，浙江溫嶺人。

一八九〇是怎樣的年頭？這一年，清光緒剛剛親政，慈禧忙著重修頤和園。距離戊戌政變八年，距離廢科舉還有十五年。然而時代巨變，已如黃河決堤，一點一滴漫過了千里大地千年歷史。接下去的民國史，不難看到矯健沙場的權謀戰將，不難看到吶喊徬徨的改革舵手，但是，尋常民眾卻面目模糊。他們的人生呢，他們如何在浪頭下立足生活？

近年來台灣老一輩作家，陸續寫下了他們眼中的流離人間，如王鼎鈞《關山奪路》、齊邦媛《巨流河》等。透過這些作品，芸芸眾生浮現了比較清晰的相貌、比較切近自我的情感。

先生這本集鈔也是這樣，雖為舊體詩詞，但他寫實記錄了平生的快慰與委屈，用詩陪伴了無可選擇的命運。集中，盡是尋常的鄉里農家事，以及難捨的手足親子情。現實中，他遠離了為國族奮鬥的希望，但也在詩詞中，遠離了兵戈與政治鬥爭下的絕望。《關》《巨》兩書中描繪的人間是驚心浮沉，而先生的詩詞鈔，卻是浪濤下飄然一線始終不動搖的定錨。似乎，在那一方渺不足道的小角落，他勉強擺脫了亂世，不知有漢，無論魏晉，仍然在十室之邑中，以默默的善意迎向已然千瘡百孔的社會。

二〇一五年四月

附錄五　周素子《周素子詩詞鈔》跋

再休提、世難年荒

這本集鈔，收錄了周素子女士詩詞百餘首。這些思念親友、詠物寫景、酬答感懷的作品，宛如任風飄舞的黃葉，片片低迴，無限多情。可憐竄行其後的，卻是流蕩了一整個時代的肅殺。

近代中國，在竭力對抗軍國主義的惡魔之後，自己也化成了惡魔。相較於古史，黨國對人道價值的傷害更加細膩而空前。設想，若是元朝的忽必烈將文天祥下放勞改，或是清初的多爾袞將史可法羈押三十年，以時間渙散其心志，以饑餓銷熔其骨氣，等關成一隻驚弓之鳥再予以釋放，後世哪還有什麼關於民族正氣的記憶？很不幸，這偏偏是當初為了穩固江山，對著斯土斯民烙下的一個最糜爛的傷口。周女士連同無數的家庭、家族，全撞在這張天羅地網之下。

如今時代過了，積威稍減，但重振人文精神所需要的轉型正義依然遙遙無期。平反平反，平誰的反？動亂動亂，動誰的亂？長達二、三十年的冤業，乃至於六四，盡皆諱莫如深。文獻中凡能循線追索者均遭刪節過濾，再再模稜其言，處處抹除其跡，以至於塵宇之內九泉之下有上百萬個受害者，卻沒有一個加害者。當局懼怕著追弔過去會葬送未來，因而力求遺忘，鼓吹在富強的崛起中集體和諧、集體寬恕。只是，當事人怎麼忘？怎麼忘掉施暴者的罪惡、怎麼忘掉搖旗吶喊者的凶狠、怎麼忘掉袖手旁觀者的私心、怎麼忘掉一生居然陪葬於此的遺憾？

司馬遷在《報任少卿書》中曾經冰冷的婉拒舊遊，表明他無意於現世，不願再把漢朝的問題，當作自己的問題，他自有人生之追求與寄託。我也願，右派倖存者不必把國家的問題，當作自己的問題；希望他們被黨國奪去的青春，能在晚年拿回來、活回來。求仁得仁，不屑所謂天道；自適其適，由它如何中國。此於國於民甚可悲，於己於身甚可喜。箇中滋味，堪為知命者道，難為淑世者言。

周素子女士原是熱愛音樂、熱愛藝術、熱愛生命的詩人。讀者閱其詩文，當能同感於她縱浪一生的哀樂。而於字裡行間的恍惚中，她依稀是雁蕩山下未經世難、梳著長辮、天真爛漫的小姑娘。

二〇一五年十二月

附錄六　陳朗《西海詩詞集》跋

崑山玉碎鳳凰叫

和陳朗老先生的緣份，有點奇特。

旅居紐西蘭這些年，我也教課，講些中國文化的特色與理想。學生來來去去，老老少少。有天來了個中年人，對我讚許有加。隔幾日，他忽然找我，鄭重其事的打聽起藝文界的周素子，並提及有關右派的一本書。當時我並無所悉，但他問得蹊蹺，彷佛情治單位秘密調查似的，反而引我好奇。

不久透過朋友，我真結識了周素子與丈夫陳朗，才知道兩人都是出身於飽經動盪的知識份子家庭；也幾次參與了他們的難友會，聽席上一位位鬢髮斑白者追憶許多不為人知的荒唐、辛酸。

先生如今九十高齡，能到他的書齋聽講，也是偶然。那是在某個漢藏交流活動中，先生書贈達賴喇嘛一副對聯，讓我印象深刻。想起學生時代，曾經想學古典詩詞。當時老師不肯教，只教好好生活，將來自然能寫。如今得遇方家，我不想再錯過。

先生答應了，而第一堂課，就是杜甫的〈秋興八首〉。先生影印了他岳父當年贈兒的手稿，逐步帶我了解詩的元素。從平仄聲調，到韻部寬險。從格律對仗，到詞牌命意。

「立意最難。先求立意，再問手法。」

「寫詩，得有真感受。你的哭笑，你的愛恨，你的人生懷抱，然後才是形式風格，才論意境。意境意境，有意才有境。」

「詩，講究人之尋常語，也要講究人之尚未語。」

連著幾個月周末，就這樣聽先生說詩，翻讀馬一浮評點學生詩詞習作的書札，也跟著看些字帖真跡。從當代的師友故舊如沙孟海、沈從文、魏振皆，到清初黃宗炎的〈吳游即事詩〉箋。

「文徵明的書法，就兩個字：熟、俗，因熟而俗。熟，很好。俗，就壞了。趙孟頫的字太軟太媚，還是董其昌和老米的字好。」

老米？這是我第一次聽人這樣稱呼北宋四大家的米芾，有種離奇的時空穿越感。轉而一想，千年之隔不過宇宙中彈指的流變，叫老米有何不可？

聽詩聽得有趣味，我也協助重刊他與其父親陳仲齊、四叔陳滄海與周素子的詩詞集。其中尤以先生的詩詞，最是難懂。

難懂之一，是用典。先生這一輩子，不在財富中，不在浮名中，不在自艾自怨中，也不在家常瑣事中，全在詩詞中。抗戰期間，他初中畢業十七歲，即步行至重慶投考國立藝專，居然考取。又因生計未能入學，在蔣介石的侍從辦公室擔任小職員，回杭州之後才復學。共產黨建國那年，他二十五歲，還壯志凌雲的隨解放軍前往四川，想著為國效力，全然沒有想過自己的家世背景。退伍之後，於北京「中蘇友好協會」、「戲劇報」擔任編輯。三十三歲，他和其他無數知識份子的遭遇一樣，被徹底打為右派，從北京輾轉到保定、張家口，下放到甘肅蘭州，先服了十年勞役。文革時四十三歲，罪名從階級敵人、牛鬼蛇神，升級到現行反革命，關押到青海、甘肅、寧夏一帶的邊境農場上，再服上十三年勞役，與家人音訊隔絕。在挑水敲糞、藉草而眠的日子裡，別人不堪折磨而自殺，他卻在妻子難得獲准去探望時，請她幫忙默記新作的詞。歷劫歸來之後，他更是鎮日讀書，念茲在茲。因而他擅長於摭取典故，也喜歡化用古人詩意。這對不熟悉文史掌故的讀者，畢竟吃力。

難懂之二，是時代。那是一個大焚書的年代。有書就不對，有書就反動。詩詞，總算是被視為無害的無用之物。先生關押牛棚，僥倖帶了李賀、李商隱、元好問的詩詞集，他笑說是「牛棚三書」。不僅他帶書，還交代妻子幫忙收存過去的藏書。這些書，就成了妻子的隨身行李，跟著間關千里。

這些書，最後也跟著渡海到了紐西蘭。有一回我著實忍不住，想看看這些千里迢迢藏匿的書究竟是什麼？先生引我走上閣樓，掀開布簾，整整齊齊排列著的，竟是趙萬里的《王國維全集》、蔣士銓的《藏園九種曲》、任訥的《新曲苑》，就這麼些書！為之眷戀不捨的就是這些書，為之提心吊膽的就是這些書！

好一個毛澤東的時代，喧囂、又死寂的沒有人道聲息。這樣文網森嚴、眼線縱橫的時代，先生又怎麼寫出直白肺腑、平易近人的詩？平易之詩，就是殺身之禍。試舉先生在大通河畔的〔望海潮・紅古學耕〕詞為例，看他怎麼把露骨的諷刺，小心翼翼的包裹到重重疊疊的典故之中，完全不露鋒芒。

上闋先以淡筆描繪時空，寓藏哀愁，興起了「積壓的泥沙何時可還」的無理之問。下闋轉到寒氣逼人的夜半，展開出一連串自問自答：笑屈原何必問天，嫌殷浩妄發議論，教自己不如倒頭傻睡，別作什麼治國安民、衣錦榮華之類的南柯大夢。但這樣的人生剩下什麼？只有厚厚的灰塵罷了，根本沒有杜甫所說、讀書讀到螢火蟲都乾死的景象。想想自己，何以走到這步田地？可笑呀，可笑呀，這可不就是活生生的邯鄲學步嗎？明明是燕國人，好好的步伐不走，想著趙國的新步伐、新時代、新思想，弄到最後，連怎麼走路都不會，只能爬回故鄉了吧。

斑斑心思，全隱到呵壁、書空、傀安、螢乾、學步五個典故裡。如果寫得直白平易，死路一條。若說先生好用典故，究竟是受到李賀、李商隱詩風的影響，還是受到時代的威逼？

難懂之三，是人。在編印的過程中，我幾度和先生在遣詞用字上斟酌不定。遣戍，勞改？安置，羈押？身遭憂患，義憤避禍？我很明白，他們這一輩都是那種溫柔敦厚至極的人，過了就過了，不肯多說，不願辯駁。一九五七年戴罪，一九七九年獲釋，二十三年的青春，二十三年的作賤。而他們卻只怨時代，不怨人。他們是當代年輕人難以理解，甚至無從同情的老派讀書人。

「詩的鋒芒不宜太露、太實、太形象；宜含厚、宜沖淡、宜抽象。」先生對人，就像對詩。

不怨人，重啓生活，不再為這些算不清的仇恨所糾纏。然而不怨人，小人就繼續橫空遮蔽了整個國家民族的未來。這非但是個人選擇的難處，也是國家脫胎換骨的困境。

中國真要大國崛起，毛澤東的歷史定位非深思不可。當代學者，不乏夸夸言其功過者，諸如五五開、四六開、三七開、二八開、一九開等等。究其實，多為台灣俗諺所說「死道友、沒死貧道」之輩，或是「劫餘樣板、謝主隆恩」之流。宋朝開國七十年後，歐陽修重修五代史，貶斥馮道，更篇篇以「嗚呼」論贊，貫串為前一個時代的總結評價。司馬光也抨擊曹操，取人品於事功之上，孕育出後世置四書於經史之前的文明新契機。中國文化如今並稱孔孟，少言周孔，正源於宋朝知識份子思量人類前途之後的空前大覺醒。惟仁者，能愛人，能惡人。毛澤東時代所鼓動的風潮一天不澄清，中國人的理性與智慧一天不會長進，中國這個民族也難以真正的站起來。

先生思人懷古，多有悲歌慷慨之作，其曲折隱晦處，我嘗試加注，避免元好問所謂「詩家總愛西崑好，獨恨無人作鄭箋」的苦惱。前人論詩，固有所謂「辭賦小道、壯夫不為」之語，但辭賦中一旦展現人的真情與品質，則確然可以長存千古。非其人，難為其詩。

「贈與達賴的對聯，是借句李賀兩首不同的詩，乃『不對之對』。」先生笑著說，原本想寫點東西相贈，但浮上心頭的就這兩句：「崑山玉碎鳳凰叫，劫灰飛盡古今平」。

整理完老先生、周素子等人的詩詞集，我像是上完一堂美好的詩詞課，又像是上完一堂驚心的中國現代史，我希望兩老的子孫知道有這樣的門楣，希望他們老家浙東知道有這樣的鄉里長者，更希望劫灰飛盡之後的中國人知道，在何必曰義、率人食人的無間道上曾經有人踽踽獨行，山高水長。

二〇一六年二月

附錄七　聽曲有懷兼寄陳秋山〔摸魚兒〕英譯

Flicker

何開文

怕思量，
In the failing flicker I fret,

故園歸夢，
Hoping for the home that once was.

茫茫飛絮何往。
We are but storm caught leaves,

Billowing in fickle whims.

少年聲淚高牆外，
Deep despair,

牆內隔如雲嶂。
Locked within tall, towering walls

鋒鏑響。
Shrieking sombre steel,

霧莽莽。
As the fog creeps, haunting, inevitable.

一身肝膽酬羅網。
Fire and rage, trapped with nowhere to turn.

百般惆悵，
Resigned, but not beaten, we march

卻只道前方， To the distant and wavering light.

微光明滅， We carry on,

相守莫相忘。 Lest we be forgotten.

獅山下， Beneath Lion Rock stand the Chin Woo Gates,

精武門庭坦蕩， Still proud.

人間忠義心上。 It will be remembered, their noble fight.

蔽天風捲霓虹海， See how the dark winds blow?

Descending upon the bustling, neon glow.

翻得幾回濤浪。 How long can these gusts roar?

痴盼望， Let there be a day when our children walk free,

遍地是， When the people awake and,

自由瀟灑兒孫樣。　Like the heroes of old,

死生不枉。　Arise to lift the fading sun.

待返日揮戈，　When the day comes,

The deep night we face

Is no longer so stark.

千秋功過，　The truly just will shine,

江月兩相向。　Clear as the moon and star.

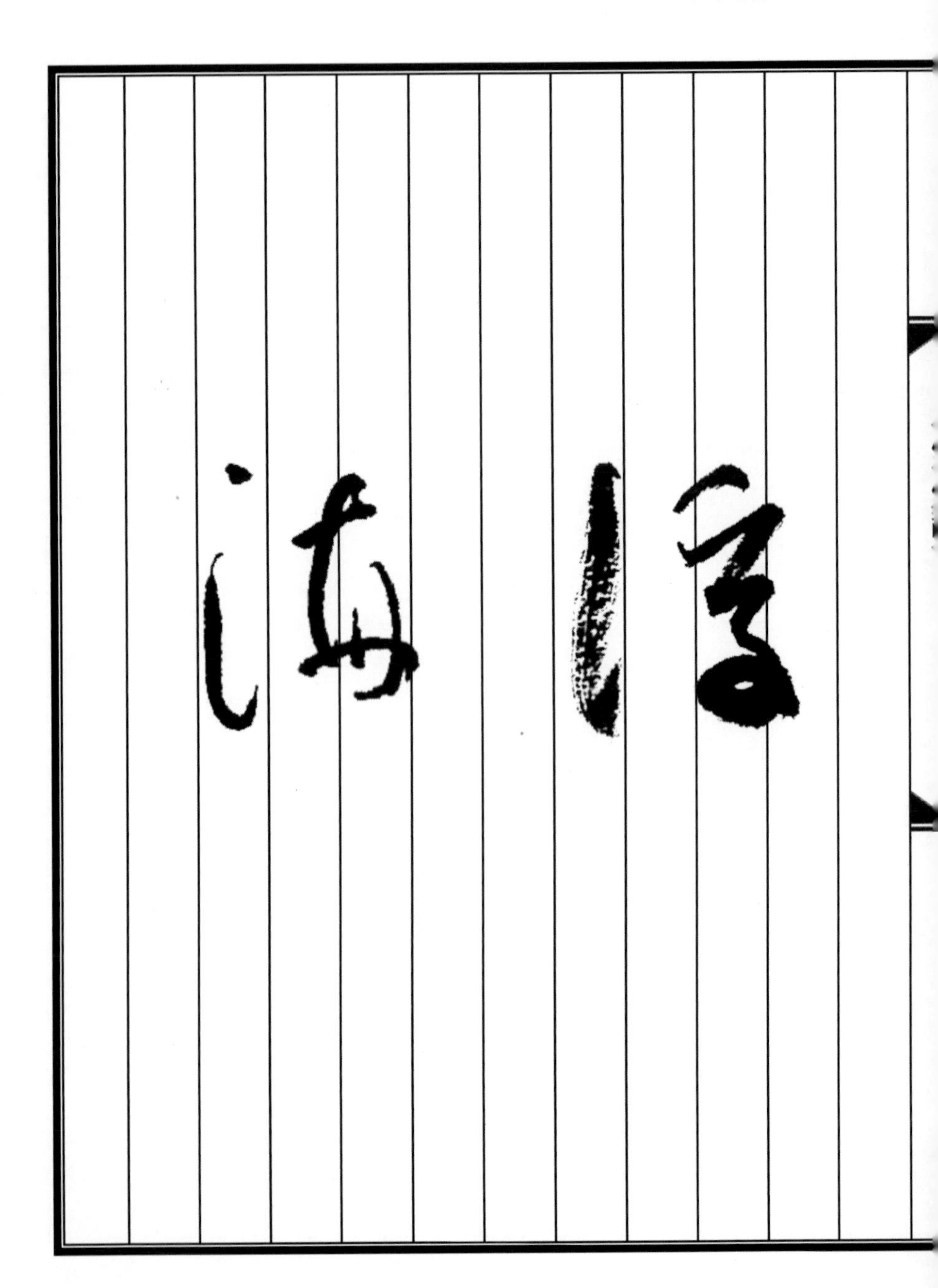
浮海

國家圖書館出版品預行編目

浮海詩存 / 何英傑作. -- 增訂一版. -- 臺北市 :
致出版, 2024.06
面； 公分
ISBN 978-986-5573-86-7(平裝)

863.51　　113007876

浮海詩存（增訂版）

作　　者／何英傑
書法題箋／汪柏成
封面設計／王英姝
出版策劃／致出版
製作銷售／秀威資訊科技股份有限公司
114 台北市內湖區瑞光路76巷69號2樓
電話：+886-2-2796-3638
傳真：+886-2-2796-1377
網路訂購／秀威書店：https://store.showwe.tw
博客來網路書店：http://www.books.com.tw
三民網路書店：http://www.m.sanmin.com.tw
讀冊生活：http://www.taaze.tw

出版日期／2020年8月　**定價**／300元
增訂一版／2024年6月

致 出 版　向出版者致敬